扉《とびら》をあけると。

キサモヨトジボ ふしぎなじゅもん

紙ひこうき 編著

ひとつ　ふたつ　扉《とびら》をあける
「これは夢《ゆめ》かしら？
夢《ゆめ》ならすぐにさめるはず。でも……」
扉《とびら》は　まるで　合《あ》わせ鏡《かがみ》のなかの迷路《めいろ》
どこまでも　果《は》てしなく続《つづ》く
キ・サ・モ・ヨ・ト・ジ・ボ
となえてごらん　ふしぎなじゅもん
あきらめないで
負《ま》けないで
きっと　光《ひかり》がみえるから！

表紙《ひょうし》・本扉《ほんとびら》／画《え》 大川純世《おおかわすみよ》

キセキは手《て》の中《なか》に

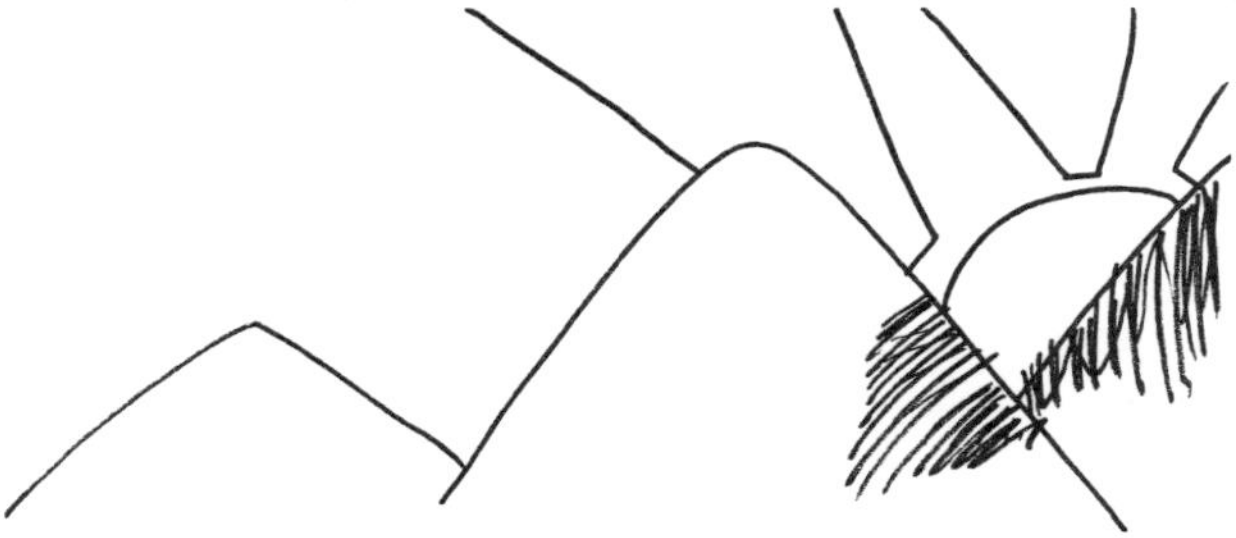

青《あお》山《やま》季《き》市《いち》 作《さく》
小塙《こばなわ》まりも 絵《え》

「矢吹《やぶき》さーん、矢吹《やぶき》あかねさーん。」

ドアが開《ひら》き、中年《ちゅうねん》の看護婦《かんごふ》がわたしの名前《なまえ》を呼《よ》んだ。声《こえ》が待合室《まちあいしつ》にひびく。そんな大《おお》きな声《こえ》で、二回《にかい》も呼《よ》ばなくていいのに……。

はずかしさのスイッチが入《はい》り、早足《はやあし》で診察室《しんさつしつ》にかけこむ。どうしてかかりつけの『さるかに小児科《しょうにか》』なんかに来《き》ちゃったんだろう。

「あっ、あかねちゃん！　ひさしぶりぃ。」

にっ、と伊藤先生《いとうせんせい》が笑《わら》う。久《ひさ》しぶりに会《あ》った先生《せんせい》は、ますますおじいちゃんになっていた。

わたしは笑《わら》い返《かえ》すことなくいすにすわった。

「いつ以来《いらい》、かな？」先生《せんせい》がカルテをめくる。

わたしはその目《め》を盗《ぬす》むように、自分《じぶん》の二《に》の腕《うで》をつまんだ。そこには三十《さんじゅう》ほどの赤黒《あかぐろ》いしっしんがあった。

大《おお》きさは二《に》センチくらい。一《ひと》つ一《ひと》つが絵本《えほん》の『ジンジャーブレッドマン』みたいなヒトの形《かたち》をしていた。一列《いちれつ》に並《なら》ぶと、それらが手《て》をつないでいるように見《み》えた。

気《き》づいたのは、二週間前《にしゅうかんまえ》。お風呂《ふろ》に入《はい》っているときだった。わき腹《ばら》にぽつん。どこかにぶつけたんだろう、と気《き》にもかけなかった。

ところが、数日後《すうじつご》、おなかに見《み》つけたのをきっかけに、見《み》るたびに胸《むね》や腕《うで》へと広《ひろ》がった。

しぶしぶ母《かあ》さんに相談《そうだん》すると、薬《くすり》でもつけとけば、って一言《ひとこと》。

でも、今朝《けさ》、鏡《かがみ》の前《まえ》で前髪《まえがみ》をかきわけたら、とうとうおでこにできていた。

病院《びょういん》ギライなわたしもさすがにあきらめた。

「で、どうしたんだい？」

「し、しっしんが……。」わたしは腕《うで》を見《み》せた。先生《せんせい》はほう、と目《め》を細《ほそ》めた。

「もしかすると感染性《かんせんせい》ヒトアレルギーかも。今《いま》、小学生《しょうがくせい》の女《おんな》の子《こ》に流行《はや》っているらしいよ。きっと、だれかからうつされたんだよ。」

先生《せんせい》は、あの小《ちい》さかったあかねちゃんが、と言《い》って背《せ》を向《む》け、カルテに何《なに》か書《か》きだした。

「どうやったらうつるんですか？」

子《こ》ども扱《あつか》いされて、わたしはいらだった。

「手《て》だよ。」先生《せんせい》がふり返《かえ》って答《こた》えた。

「あかねちゃん、嫌《きら》いな人《ひと》と手《て》をつないだでしょう？　今《いま》の子《こ》って敏感《びんかん》だから。」

わたしは、最近《さいきん》手《て》をつないだ人《ひと》の顔《かお》を思《おも》い返《かえ》して、汗《あせ》ばんだ手《て》をこすった。

だって手《て》をつないだのはたった一人《ひとり》。親友《しんゆう》の石野《いしの》みのりしかいなかったからだ。

「ど、どうしたら治《なお》るんですか？」

「それが、若《わか》い子《こ》の病気《びょうき》は……」先生《せんせい》は机《つくえ》の上《うえ》に置《お》かれていた医学書《いがくしょ》をぱらぱらとめくった。

「今度《こんど》までに調《しら》べておくよ。とりあえず、うつされた相手《あいて》には近《ちか》づかないことだね。」


朝《あさ》の道《みち》、ランドセルがずしりと重《おも》たかった。

学校《がっこう》に行《い》きたくなかった。それなのに母《かあ》さんはようしゃなくわたしを追《お》い出《だ》した。前《まえ》髪《がみ》でひたいをおおい、春先《はるさき》なのにハイネック、長《なが》そでのシャツを着《き》て登校《とうこう》した。

みのり。わたしのたった一人《ひとり》の親友《しんゆう》だ。

保育園《ほいくえん》、小学校《しょうがっこう》、放課後《ほうかご》の学童《がくどう》、ずっと一緒《いっしょ》だ。わたしより背《せ》が高《たか》く、手足《てあし》が長《なが》く、おとなしい。何《なに》もかもがかわいらしかった。

うちの学校《がっこう》は、みんな一番仲《いちばんなか》のいい子《こ》と手《て》をつないだ。それが親友《しんゆう》のあかしだった。

そしてペアが決《き》まると、他《ほか》の子《こ》は手《て》をつなぐのをえんりょする、という暗《あん》もくのルールがあった。

授業《じゅぎょう》で音楽室《おんがくしつ》に行《い》くとき、朝会《ちょうかい》で体育館《たいいくかん》に行《い》くとき、にぎりしめた手《て》の先《さき》にみのりがいたら……。わたしはずっと願《ねが》っていた。

去年《きょねん》までお互《たが》いに別々《べつべつ》のクラスだったのでかなわなかった。でも今年《ことし》は同《おな》じクラス。

それなのに、それなのに……。

古《ふる》ぼけたタバコ屋《や》さんを曲《ま》がると、道《みち》がゆるやかにカーブする。そのはいりっぱなに門柱《もんちゅう》にみのりのすらっとしたシルエットが見《み》えた。わたしの背中《せなか》がぴしりとのびる。

学校《がっこう》はあった。

「あかね！」みのりが手《て》をあげた。わたしもいつものように右手《みぎて》をあげようとした。

ところが、手《て》の甲《こう》にくっきりと人《ひと》がたが浮《う》き出《で》ているのが見《み》えた。ぱっ、と手《て》をおろす。

みのりがかけよってきたら、いつものように手《て》をにぎってきたら……。頭《あたま》が混乱《こんらん》した。

ところが、みのりも立《た》ったまま、首《くび》をちぢませ、わたしをのぞきこむように見《み》ていた。

後《うし》ろからやってきた男《おとこ》の子《こ》にぶつかって、一歩足《いっぽあし》が出《で》た。すると、みのりはびくりと体《からだ》をそらし、後《あと》ずさりした。

直感《ちょっかん》がさえる。きっとみのりもうつったんだ。

「みのり？」勇気《ゆうき》を出《だ》してわたしは近《ちか》づいた。

「あかね？」消《き》え入《い》りそうな返事《へんじ》。見《み》ると、みのりの手《て》が後方《こうほう》に動《うご》いた。

「お、おはよう。」わたしの手《て》もまた、スカートのすそを行《い》ったり来《き》たりした。目《め》が、いつの間《ま》にかみのりの体《からだ》のしっしんをさがしていた。

すると、何《なに》か感《かん》じ取《と》ったのか、みのりがきびすを返《かえ》して走《はし》り出《だ》した。

「わ、わたし、委員会《いいんかい》の仕事《しごと》があるから。」

六年生《ろくねんせい》になって一《いっ》か月《げつ》。初《はじ》めてのことだった。わたしはただ、走《はし》る彼女《かのじょ》を見《み》つめた。

長《なが》い一時間《いちじかん》の授業《じゅぎょう》を終《お》えて、わたしはトイレにかけこんだ。もちろん一人《ひとり》だ。誰《だれ》もいないことを確認《かくにん》して前髪《まえがみ》をかきわけた。額《ひたい》のしっしんはふえてなかった。

授業中《じゅぎょうちゅう》、何度《なんど》もななめ前《まえ》のみのりを見《み》た。そうしたら、あの子《こ》の首《くび》にしっしんを見《み》つけてしまった。同《おな》じ病気《びょうき》に心配《しんぱい》な反面《はんめん》、わたしを嫌《きら》いなことがわかり落《お》ちこんだ。

たくさんの子《こ》と手《て》をつないできた。

でもクラスが替《か》われば、それまでのことが何《なん》でもなかったように別《べつ》の子《こ》と手《て》をつないだ。

寂《さみ》しくはなかった。それがあたり前《まえ》だと思《おも》っていたからだ。ところが、みのりと手《て》をつなぐようになってから、いつか他《ほか》の子《こ》のようにわたしから離《はな》れていくんじゃないか、って思《おも》いはじめた。

不安《ふあん》。そいつはひたひたとわたしの背後《はいご》にいて、むくむくと入道雲《にゅうどうぐも》のように大《おお》きくなっていった。

こんなこと初《はじ》めての経験《けいけん》だった。正直《しょうじき》、嫌《きら》いになったらどれだけ楽《らく》か、って思《おも》った。嫌《きら》いになったら、不安《ふあん》がなくなると思《おも》ったんだ。

「だからわたし、しっしんができたんだ！」わたしは鏡《かがみ》に向《む》かってどなった。

トイレから出《で》ると、となりのクラスの林《はやし》さんがこちらにやってきた。彼女《かのじょ》は徳永《とくなが》さんと手《て》をつないでいた。徳永《とくなが》さんは、去年《きょねん》までわたしと手《て》をつないでいた子《こ》だ。

「あれっ？　矢吹《やぶき》さんだ。一人《ひとり》？」

わたしは、話《はな》しかけてきた林《はやし》さんではなく、徳永《とくなが》さんを見《み》た。

徳永《とくなが》さんは目《め》をそらした。だまっている。気《き》の強《つよ》い林《はやし》さんに遠慮《えんりょ》しているのだろう。

「めずらしいね。」林《はやし》さんが勝《か》ちほこったような顔《かお》で笑《わら》った。

「みのり、委員会《いいんかい》だから！」わたしは二人《ふたり》をにらみつけるとかけ出《だ》した。

さんざん握《にぎ》った徳永《とくなが》さんのぷっくりした指《ゆび》は、ピアノをやってる林《はやし》さんの細長《ほそなが》い指《ゆび》に包《つつ》まれていた。

親友《しんゆう》ってそんなもんなのか、安《やす》っぽい！

でも、わかってる。ホントはわたしが一番安《いちばんやす》っぽい。


上《うえ》をむいて家《いえ》へ帰《かえ》った。下《した》を向《む》いたら涙《なみだ》が出《で》てきそうだった。足《あし》を一歩《いっぽ》踏《ふ》み出《だ》すたびにみのりとのことが頭《あたま》に浮《う》かんだ。

学童《がくどう》のおやつで二人《ふたり》ともあたりくじを引《ひ》いたこと、おそろいのローラーシューズを買《か》いに行《い》ったこと。どうでもいいことばかりが浮《う》かんだ。どうでもいいはずなのに、がくぶちにかざった絵《え》のように、それらはきらきらと輝《かがや》きだした。

「みのりちゃん？」その声《こえ》に顔《かお》を上《あ》げる。

さるかに小児科《しょうにか》の伊藤先生《いとうせんせい》がいた。見回《みまわ》すと、ここが病院《びょういん》の前《まえ》で、先生《せんせい》が入口《いりぐち》に置《お》かれた鉢《はち》植《う》えの手入《てい》れをしていたことがわかった。

「あれからいろいろと調《しら》べてねぇ。電話《でんわ》しようと思《おも》ってたんだよ。具合《ぐあい》はどうだい？」

わたしはだまって首《くび》を横《よこ》にふった。

「病気《びょうき》はね、心《こころ》が助《たす》けて、って体《からだ》に送《おく》るサインなんだよ。きっと、助《たす》けてほしいんだよ。」

先生《せんせい》にみすかされたようで、どきりとする。

「友達《ともだち》と手《て》をつないじゃダメ、って心《こころ》が言《い》ってるんですね！」違《ちが》うとわかってるけど、
つい先生《せんせい》に食《く》ってかかってしまった。

「手《て》をつないだ子《こ》って、ひょっとして大好《だいす》きな、仲《なか》のいい子《こ》かい？」

「そうですよ。」

「ひょっとして、その子《こ》を何《なに》かの理由《りゆう》で無理《むり》に嫌《きら》いになろうとしてないかい？」

先生《せんせい》の言葉《ことば》は不思議《ふしぎ》なほど、わたしにまっすぐに届《とど》いた。

「もっと相手《あいて》を信《しん》じてあげてもいいんじゃないかい？　相手《あいて》だけじゃない、自分《じぶん》も……。」

「信《しん》じてます！」とうとう涙《なみだ》がこぼれた。

うろたえる先生《せんせい》をにらみつけ、わたしはかけ出《だ》した。信《しん》じるっていったい何《なに》よ！

もう三年前《さんねんまえ》のことになる。学童《がくどう》の頃《ころ》、わたしとみのりは先生《せんせい》にナイショで、よく部屋《へや》を飛《と》び出《だ》した。

建物《たてもの》の裏《うら》が十《じゅう》メートルくらいの斜面《しゃめん》になっていた。わたしたちはそこをよじのぼった。てっぺんは雑木林《ぞうきばやし》になっていて、そこから見《み》る夕日《ゆうひ》は、わたしたちの宝物《たからもの》だった。

「おうちに、帰《かえ》りたくないんだ。」

ある日《ひ》、みのりが突然《とつぜん》しゃがみこんで泣《な》き出《だ》した。親《おや》が転校《てんこう》するかもしれない、と話《はな》しているのを聞《き》いてしまったという。

「みのり、泣《な》かないで。」わたしはあの子《こ》の背中《せなか》をさすった。でも、さすればさするほど、わたしまで泣《な》きたくなった。

「そうだ。」わたしは、すすきのしげる斜面《しゃめん》めがけてかけだした。根元《ねもと》をかきわけ、紫《むらさき》色《いろ》のトランペットの口《くち》を思《おも》わせる小《ちい》さな花《はな》を引《ひ》っこ抜《ぬ》いてきた。

「みのり、これ『願《ねが》い草《ぐさ》』っていうんだって。学童《がくどう》の先生《せんせい》が言《い》ってた。これに、転校《てんこう》しませんように、ってお願《ねが》いすればかなうよ。」

祈《いの》るようにわたしが差《さ》し出《だ》した花《はな》に、みのりは両手《りょうて》をあわせた。

翌朝《よくあさ》、教室《きょうしつ》に入《はい》ってきたみのりはいきなり謝《あやま》った。転校《てんこう》の話《はなし》はかん違《ちが》いだったのだ。

「ごめんね。」みのりはわたしにだきついた。

「ううん。ずっと一緒《いっしょ》だよ。」わたしはここが教室《きょうしつ》だっていうことも忘《わす》れて泣《な》いた。

あのとき知《し》った。みのりが心《こころ》の底《そこ》から好《す》きだ、っていうことと、この草《くさ》は願《ねが》いをかなえてくれる、ということを。

わたしの足《あし》は、あの雑木林《ぞうきばやし》をめざしていた。

あの紫色《むらさきいろ》の花《はな》を見《み》つけて願《ねが》い事《ごと》をするつもりだった。

わたしのこと嫌《きら》いでもいいから、みのりの病気《びょうき》が治《なお》りますように、って……。

学童《がくどう》のおんぼろフェンスを横目《よこめ》に見《み》ながら、わたしは裏手《うらて》へと回《まわ》った。久《ひさ》しぶりにやってきた斜面《しゃめん》。あのときより小《ちい》さく感《かん》じられた。

斜面《しゃめん》で足《あし》を踏《ふ》ん張《ば》り、腰《こし》をかがめる。すすきの葉《は》を手《て》でなでつけ、根元《ねもと》をのぞいた。

だが見《み》つからなかった。あの花《はな》を見《み》たのは六月《ろくがつ》だった。五月《ごがつ》じゃ早《はや》いのかも？

すると、背中越《せなかご》しにガサガサという音《おと》がした。体《からだ》を起《お》こすと、誰《だれ》かが斜面《しゃめん》を登《のぼ》ってくるのが見《み》えた。みのりだった。

わたしが呼《よ》びかけても返事《へんじ》をしなかった。

みのりはわたしより高《たか》い場所《ばしょ》にのぼった。そして同《おな》じようにすすきの葉《は》を両手《りょうて》でかきわけはじめた。手《て》の甲《こう》にわたしと同《おな》じしっしんが見《み》えた。

そのしゅんかん、神様《かみさま》がささやいてくれたように、わたしの中《なか》にある考《かんが》えがわいた。

みのりがわたしを好《す》きでも嫌《きら》いでも、わたしがみのりを好《す》きであることには変《か》わりがないってこと。信《しん》じるって、相手《あいて》じゃなく、自分《じぶん》の気持《きも》ちを信《しん》じることかもしれない、って。

「よし。」わたしもすすきに手《て》をかけた。

そのときだった。キャッという声《こえ》とともに、みのりがこっちにむかって足《あし》からずり落《お》ちてきた。

そういえば、この子《こ》、よくここでずっこけてた。わたしは、みのりがすべり落《お》ちてきそうなところに体《からだ》をすべらせた。みのりは、わたしの出《だ》した足《あし》にぶつかって止《と》まった。

「だいじょうぶ？」そういった瞬間《しゅんかん》、目《め》にいっぱい涙《なみだ》をためたみのりが抱《だ》きついてきた。

「ごめん。手《て》をつなげるようになったら不安《ふあん》になったの。あかねちゃんがいつか他《ほか》の子《こ》と手《て》をつなぐんじゃないか、って。そうしたらしっしんができたの。お医者《いしゃ》さんに相談《そうだん》したら、それは人《ひと》にうつるから、絶対《ぜったい》に手《て》をつないじゃダメ、って言《い》われたの。」

みのりの言葉《ことば》は鏡《かがみ》ごしに聞《き》いているみたいだった。

「……、それで、どうしてここに？」

「願《ねが》い草《ぐさ》のことを思《おも》い出《だ》したの。」

「何《なん》て願《ねが》うつもりだったの？」

すると、わたしの言葉《ことば》にスイッチが入《はい》ったかのようにみのりが泣《な》き出《だ》した。

「あかねちゃんに新《あたら》しい親友《しんゆう》ができますようにって……。」

わたしは思《おも》いっきりみのりの手《て》を握《にぎ》った。

「ダメだよ、あかねちゃん」みのりが手《て》をふりほどこうとした。わたしは力《ちから》を入《い》れた。

「違《ちが》うの。見《み》てよ、わたしのひたい！」わたしは髪《かみ》の毛《け》をかき上《あ》げた。

「え。」みのりはぽかっと口《くち》をあけた。

「わたしの病院《びょういん》の先生《せんせい》は言《い》った。信《しん》じれば治《なお》るって。だからわたし、自分《じぶん》を信《しん》じる。

みのりがだれと手《て》をつないでも、あなたを好《す》きな自分《じぶん》を信《しん》じる。」

「あかねちゃん。」みのりが手《て》を握《にぎ》り返《かえ》したときだった。

「アンタたちだったの。」斜面《しゃめん》の下《した》にでっぷり太《ふと》った学童《がくどう》の先生《せんせい》がいた。みのりの声《こえ》を聞《き》きつけ様子《ようす》を見《み》にきたという。わたしたちが願《ねが》い草《ぐさ》のことを話《はな》すと、突然笑《とつぜんわら》い出《だ》した。

「それはナンバンギセル。『願《ねが》い草《ぐさ》』じゃなく『思《おも》い草《ぐさ》』。花《はな》が考《かんが》え事《ごと》をしているみたいに見《み》えたからつけられたの。あいかわらず、人《ひと》の話《はなし》を聞《き》かないんだから。」

先生《せんせい》がいなくなると、わたしたちはもう一度《いちど》お互《たが》いの手《て》を握《にぎ》った。今《いま》までにない強《つよ》い力《ちから》がわたしの手《て》のひらを包《つつ》んだ。キセキは花《はな》じゃなく、手《て》の中《なか》にあるような気《き》がした。

しっしんはみのりとつながりたいっていうメッセージかもしれない。

「病気《びょうき》さん、ありがとう。」みのりがそう言《い》った。なぜか、泣《な》き出《だ》しそうになった。

さみしがりやのまじょ

青木《あおき》やすこ　作《さく》
大川純世《おおかわすみよ》　絵《え》

森《もり》の中《なか》に、つたにおおわれた、ふるぼけた小《ちい》さな家《いえ》がありました。

その家《いえ》に、ローザという、まほうつかいのおばあさんが住《す》んでいました。

ローザは、さみしがりやなのに、友達《ともだち》がいませんでした。

話《はな》しあいても、おしゃべりがすきなからすのドロンが、おばあさんによばれたら、やって来《く》るぐらいでした。

森《もり》のなかまの、うさぎやりす、たぬきやきつね、小鳥《ことり》たちは、

「ローザって、すごいわがままで、おこりんぼうなんだもん……」

と、近《ちか》づこうとはしませんでした。

ローザは、毎日毎日《まいにちまいにち》、窓辺《まどべ》のゆりいすにもたれて、ギーコギーコとゆられながら、
ひとりごとばかりをいっていました。

「あ〜ぁ、さみしいのう、つまらんのう。な〜んもすることがのうて、たいくつでしにそうじゃ……」

ところがある日《ひ》、ローザは、「えーい！」と叫《さけ》んで、手《て》をたたきました。

「しかたあるまい！　またペットを借《か》りてくるとしよう。じゃが、今度《こんど》はきっとうまくいく。ペットのために、おいしいケーキをやいてやるから……」

ローザはゆりいすから立《た》ちあがり、口笛《くちぶえ》をピューッ！　とふきました。

すぐに、からすのドロンが、窓辺《まどべ》のカシの木《き》に、バタバタとやってきました。

「なあに、ぼくのことよんだ？」

「おうおうドロンや、あたしゃぁね、また、ペットを借《か》りようと思《おも》うんじゃよ」

「えーっ⁉　またあ？　もうよしたら……。それより、森《もり》のうさぎたちとなかよくしたほうが、いいとおもうよ……」

「へーん！　おだまり。よけいなお世話《せわ》だ。おまえはだまって、ペットをさがしてくれば、それでいいんじゃ」

ローザは、手《て》にしたつえで、足元《あしもと》のゆかをトーン！　とたたいて叫《さけ》びました。

「とっとと、おゆき！」

ドロンが、町《まち》の空《そら》へ消《き》えていったのをみとどけたローザは、急《きゅう》にうきうきそわそわ。

だんろのそばの、古《ふる》い鏡《かがみ》の前《まえ》に座《すわ》って、茶色《ちゃいろ》いつぼの中《なか》から、緑色《みどりいろ》のクリームを指《ゆび》ですくい、しわくちゃな顔《かお》にペタペタぬって、たのしそうにマッサージをはじめました。

♫

クリームぬるぬる　つーるつる
ゆるゆるくるくる　すーべすべ
ペタペタパンパン　しっとしと

♪


すると、あ〜ら、ふしぎ。

ローザは、わかい女《おんな》の人《ひと》になりました。

「イッヒッヒ……」

ローザは、鏡《かがみ》にむかってウインクをすると、すぐに、窓《まど》から町《まち》の空《そら》をながめました。

「さぁ〜てと、ドロンは、まだかいのう」

そこへ、ドロンが、息《いき》をはずませて、もどってきました。

「いたよ！　いたよ！　なの花町《はなまち》の小川《おがわ》のそばのワクワク幼稚園《ようちえん》」

「そうかい、そうかい。ようやった！　それじゃぁ、あたしゃちょっくら出《で》かけてくるよ」

ローザは、まほうのほうきを車《くるま》にかえて、幼稚園《ようちえん》までひとっぱしり。

幼稚園《ようちえん》のフェンスに、おでこをつけて、広場《ひろば》の中《なか》をのぞきこんでいたローザは、

「ウィヒッヒ。おったわい。おったわい！」

すなばのまん中《なか》につっ立《た》って、体《からだ》の大《おお》きな男《おとこ》の子《こ》が、空《そら》にむかってガワワ〜ン、ウワワ〜ン!!　ないています。

ローザは、その子《こ》のママにへんしんして、男《おとこ》の子《こ》のかたを、やさしくたたきました。

「そんなになくなら、ママといっしょに、おうちに帰《かえ》りましょう」

ローザは、男《おとこ》の子《こ》を、森《もり》の中《なか》のふるぼけた自分《じぶん》の家《いえ》に、つれて帰《かえ》りました。

しずまりかえっていたローザの家《いえ》は、いっぺんで、ガワワ〜ン、ウワワ〜ン!!

それなのに、まじょにもどったローザは、お祭《まつ》りのおはやしを聞《き》いているように、

「おうれ、おうれ、もっとおなき。もっともっと大《おお》きな声《こえ》でおなき。森《もり》じゅうひびきわ

たるように、もっと大《おお》きく……」

と、手《て》やこしをふって、ひーらりひらりと、おどりだしました。

しらない家《いえ》と、しわくちゃな顔《かお》の、こわいまじょにもどったローザに、男《おとこ》の子《こ》は、力《ちから》いっぱいいなきつづけました。

そのうちに、男《おとこ》の子《こ》はつかれてきました。

シクシクと鼻水《はなみず》をすすりあげて、だだをこねはじめました。

ローザは、あわててケーキをやきました。

あまい匂《にお》いが、部屋中《へやじゅう》にあふれ出《で》ました。

男《おとこ》の子《こ》は、こわいのもわすれて、大《だい》すきなケーキをパクパク食《た》べました。それは、おいしいおいしいケーキでしたから。

男《おとこ》の子《こ》は、おなかがいっぱいになると、また、だだをこねはじめました。

「おうちに帰《かえ》りたいよ～う。帰《かえ》りたいよ～う。ママ～！　パパ～！」

「なんだい！　もうなかないのかい？　だめな子《こ》だねえ。いま、ケーキをたんと食《た》べたばかりじゃないかね！」

ローザはがっかりして、男《おとこ》の子《こ》のほっぺをつついてみたり、体《からだ》をゆすってみたり、なかせようと、いっしょうけんめいです。

けれど、なきつかれてしまった男《おとこ》の子《こ》は、こんどは、コックリコックリ、いねむりをはじめてしまいました。

つぎの日《ひ》。

すっかり元気《げんき》になった男《おとこ》の子《こ》は、また、朝《あさ》からガワワ～ン、ウワワ～ン!!

ローザもうかれて、ひーらりひらり。

だけど、ただ、いつまでもないているだけにあきてしまった男《おとこ》の子《こ》は、なきながら、ローザのほうを横目《よこめ》でながめてみました。

(あれっ？　ローザって、ぼくがこんなにないてるのに、なんであんなにうれしそうなんだ？　おどってるよ。ぼく、なんだか、なくのがやになっちゃった……)

男《おとこ》の子《こ》がそう思《おも》ったときです。からすのドロンがこっそりやってきて、ローザが森《もり》へ出《で》かけたすきに、男《おとこ》の子《こ》にささやきました。

「あのさ、ローザってね、なき虫《むし》っ子《こ》が大《だい》すきなのさ。だから、おうちへ帰《かえ》りたかったら、なかないことさ」

「そうか、やっぱり……」

男《おとこ》の子《こ》は、なくのをやめました。

かわりに、いたずらをはじめました。

まほうのつえを、バットの代《かわ》りにふり回《まわ》し、まほうのほうきを、馬《うま》の代《かわ》りにまたがり歩《ある》き、ゆりいすを、ブランコの代《かわ》りにゆすりました。

それで、部屋《へや》のガラスはわれたし、つえはきずがついたし、ほうきは毛《け》がぬけたし、ゆりいすは、ガッタガタ！

「こらーっ!! なにをしとるんじゃ～！」

森《もり》からかえってきたローザは、かんかんになって、男《おとこ》の子《こ》を追《お》いかけました。

「ここまでおいで、あっかんべぇ～！」

男《おとこ》の子《こ》は、ちょこまかとにげ回《まわ》ります。

足《あし》の弱《よわ》っているローザは、男《おとこ》の子《こ》をまちぶせして、やっとつかまえました。

「ふん！　せわのやける子《こ》じゃ。こんないたずらなんぞしでかしてぇ。ちったぁまじめになかんかい！」

ローザは、男《おとこ》の子《こ》のおしりを、ペンペンたたきました。

でも、男《おとこ》の子《こ》はもうなきませんでした。口《くち》をぎゅっとむすんだままです。

そして、お昼《ひる》になりました。

ローザは、ゼイゼイしたまま、ゆりいすにだらぁ〜んとすわりこみ、うごけなくなってしまいました。

男《おとこ》の子《こ》は、コップに水《みず》をくんできて、ローザにさしだしました。

「おお〜っ！」

ローザは、目《め》をまるくしました。

おいしそうに、コップの水《みず》をゴクゴク飲《の》み干《ほ》しました。

男《おとこ》の子《こ》は、ローザの背中《せなか》を、やさしくさすってあげました。小《ちい》さな手《て》のぬくもりが、ローザの背中《せなか》をいったりきたりして、ローザの胸《むね》まであたためました。

ローザは、ほーっと深《ふか》いため息《いき》をつきました。

そして、つぶやきました。

「あぁ〜。もうなき虫《むし》っ子《こ》をペットにするのは、やめじゃやめじゃ。じゃがのう……、あたしゃぁこんなに年《とし》をとっておる。ひとりぼっちのくらしはせつないのう……」

ローザは、なみだをポロリとこぼしました。

そして、男《おとこ》の子《こ》を幼稚園《ようちえん》に帰《かえ》しました。

ローザは、今《いま》まで、なき虫《むし》っ子《こ》をつれてきては、なかなくなると、その子《こ》を幼稚園《ようちえん》に帰《かえ》してしまう。そのくりかえしの生活《せいかつ》を、つづけていたのです。

男《おとこ》の子《こ》は、元気《げんき》いっぱい、幼稚園《ようちえん》にもどってきました。

みんなは大喜《おおよろこ》びです。でも、びっくりもしました。男《おとこ》の子《こ》は、今《いま》までみたいにガワワ〜ン、ウワワ〜ン!! って、なかなかったからです。笑顔《えがお》で、しっかり立《た》っていたのです。

♪
森《もり》にすむまじょのローザは、
なき虫《むし》をなおしてくれる！
♬

ローザは、ひょうばんになりました。

ワクワク幼稚園《ようちえん》では、ローザのことを、みんなで話《はな》しあいました。

たくさんの、意見《いけん》が出《で》ました。

「だまって、人《ひと》の子《こ》をつれて行《い》くなんて……」

「みんな、どんなに心配《しんぱい》したことか……」

「おまわりさんに、つかまえてもらわなくては」

そのとき、なき虫《むし》がなおった男《おとこ》の子《こ》のママが、やさしい目《め》をして話《はな》しだしました。

「あのときは、ずいぶん心配《しんぱい》しましたが、今《いま》ではひどいなき虫《むし》がなおって大《おお》だすかりです。おばあさんがこんなことをするのも、ひとりぽっちがさみしいからなのでは……？なんとかしてあげられないものでしょうか？」

そこで、みんなは考《かんが》えました。

そして、名案《めいあん》が生《う》まれました。


さて、そのころ。

ローザは、また、窓辺《まどべ》のゆりいすにもたれて、ひとりごとばかりをいっていました。

「あぁ～、さみしいのう、つまらんのう。な～んもすることがのうて、しにそうじゃ……」

ところがある日《ひ》。ローザの家《いえ》に、一枚《いちまい》のハガキがとどきました。

「なんじゃいな、こんなもんがきおって！」

ローザは、そのハガキを読《よ》んでみました。

このたび、なの花町《はなまち》では、ローザどののお力《ちから》で、
なき虫《むし》っ子《こ》がひとりもいなくなりました。
よって、ここに、心《こころ》をこめて、かんしゃじょうを、
おおくりいたします。つきましては、

十一月三日《じゅういちがつみっか》。午後一時《ごごいちじ》。

ワクワク幼稚園《ようちえん》まで、おいでください。


「ふーむ、かんしゃじょうとな？」

ローザは、首《くび》をかしげて、ドロンをよびました。

「すげーっ！　ローザ。ほめられてんだよ。なの花町《はなまち》に、なき虫《むし》っ子《こ》がひとりもいなくなったってさ！」


十一月三日《じゅういちがつみっか》。晴《は》れ。

ワクワク幼稚園《ようちえん》の体育館《たいいくかん》では、胸《むね》にまっ赤《か》なバラをかざられたローザが、かしこまって、かんしゃじょうをうけとっています。

われんばかりのはくしゅが、ホールから、おこっています。

だって、ローザは、なき虫《むし》をなおす名人《めいじん》になったのですから……。

森《もり》の中《なか》のローザの家《いえ》まで、一本《いっぽん》の道《みち》が、なの花町《はなまち》からのびてきました。

その道《みち》をとおって、子《こ》どもたちが、おいしいケーキをおめあてに、ローザの家《いえ》に集《あつ》まって来《く》るようになりました。

子《こ》どもたちの楽《たの》しいわらい声《こえ》が、ローザの家《いえ》からきこえてくるようになったので、森《もり》のうさぎたちもやって来《く》るようになりました。

ローザはニコニコとケーキをやき、三時《さんじ》のおやつを、子《こ》どもたちといっしょに、たのしんでいます。

「こんなことって、あるんだな～」

もう、なき虫《むし》っ子《こ》を、さがしに行《い》かなくてもよくなったドロンは、大《おお》はしゃぎです。

あんなにおこりんぼうだったローザも、今《いま》では、笑顔《えがお》のやさしいまじょになりました。

時《とき》どき、子《こ》どもたちがけんかをしていると、

「これこれ、けんかはやめじゃ。なかよくせんとな。ふたりともよい子《こ》なんじゃからな」

と、やさしくいいきかせたりしています。

きょうは、ローザのたんじょう日《び》。

テーブルには、ごちそうが並《なら》んでいます。
そろそろ、プレゼントをかかえた子《こ》どもたちが、やって来《く》るころです。
ピン、ポーン！
あっ。きました。きました。
ローザは、にっこりと立《た》ちあがりました。

モルヴァンのうた

橋本《はしもと》たかね　作《さく》・絵《え》

一《いち》

むかし、日《ひ》がしずむ西《にし》の地《ち》に、モルヴァンの森《もり》があり、美《うつく》しい娘《むすめ》がおりました。

娘《むすめ》にはやさしい恋人《こいびと》がありました。

娘《むすめ》の名《な》は、ベラルーシェ。

恋人《こいびと》の名《な》は、ロワール。

ベラルーシェは、ミラの泉《いずみ》のしずくをうけた黒水晶《くろすいしょう》の精《せい》、ロワールは、ミラの泉《いずみ》のほとりにある、オークの木《き》の精《せい》でした。

二人《ふたり》の力《ちから》で守《まも》られた森《もり》は、おだやかで、美《うつく》しく、豊《ゆた》かでした。

ワタリガラスたちが旅《たび》の途中《とちゅう》で疲《つか》れたからだを休《やす》めるために、ここを訪《おとず》れ、人間《にんげん》の住《す》む街《まち》のようすを話《はな》してくれるのを、二人《ふたり》は楽《たの》しみにしていました。

ベラルーシェは、いつの日《ひ》か、森《もり》の外《そと》の世界《せかい》にあこがれるようになりました。

「あぁ、都会《とかい》へ行《い》きたい……」

毎日《まいにち》のようにつぶやき、ロワールは、愛《あい》するベラルーシェの願《ねが》いを、かなえてあげようと、光《ひかり》のない新月《しんげつ》の夜《よる》、二人《ふたり》は手《て》を取《と》り合《あ》って、モルヴァンの森《もり》を出《で》ました。

都会《とかい》へ行《い》った二人《ふたり》は、毎日《まいにち》きままに、楽《たの》しく暮《く》らしていました。

ところが、ベラルーシェのもつ力《ちから》は、日《ひ》ごとに強《つよ》くなっていくのとは反対《はんたい》に、ロワールの体《からだ》は弱《よわ》っていき、ついには、ベッドの上《うえ》から動《うご》けなくなりました。彼《かれ》の命《いのち》は、ろうそくの炎《ほのお》のように、今《いま》にも消《き》えそうでした。

森《もり》を守《まも》り、森《もり》と共《とも》に生《い》きるはずの二人《ふたり》の妖精《ようせい》は、モルヴァンの森《もり》を出《で》たために、それぞれのもつ力《ちから》が、狂《くる》ってしまったのでした。

ベラルーシェはすぐにロワールをモルヴァンの森《もり》に連《つ》れて帰《かえ》り、ミラの泉《いずみ》のわきへロワールを寝《ね》かせました。

オークの枝《えだ》を折《お》り、黒水晶《くろすいしょう》のかけらをロワールのかたわらに置《お》き、自分《じぶん》の中《なか》にある最大《さいだい》の力《ちから》をそそぎ、美《うつく》しく透《す》きとおる声《こえ》で、あるじゅもんを唱《とな》えたのです。

すると、真《ま》っ赤《か》な炎《ほのお》が二人《ふたり》を包《つつ》み、天上《てんじょう》高《たか》く火柱《ひばしら》が上《あ》がり、炎《ほのお》は、満《み》ちた月《つき》が消《き》える新月《しんげつ》の夜《よる》まで燃《も》え続《つづ》けました。

やがて炎《ほのお》は消《き》え、けむりは森《もり》じゅうに黒《くろ》い霧《きり》となってたちこめました。

モルヴァンの森《もり》は荒《あ》れ果《は》て、ミラの泉《いずみ》はよどみ、二度《にど》と月《つき》を映《うつ》すことはありませんでした。

二《に》

「そろそろ、出《で》かけるとするかね」

ラチカは、どっこいしょと重《おも》そうに、ゆりイスから大《おお》きなおしりを上《あ》げました。

部屋《へや》のすみの柱時計《はしらどけい》に、立《た》てかけてあるはずの、杖《つえ》をとろうとして手《て》をのばしましたが、そこには、あらくけずられた木《き》の棒《ぼう》が、こっそりと立《た》てかけてありました。

「おやおや、これでごまかそうたって、そうはいかないよ」

ラチカは窓《まど》を開《あ》け、しゃがれた声《こえ》でブツブツと、ささやきはじめ、右手《みぎて》をくるくると回《まわ》し、上下《じょうげ》にふったりしながら、外《そと》を見《み》つめました。

静《しず》かだった森《もり》の中《なか》が、急《きゅう》に騒《さわ》がしくなり、遠《とお》くから叫《さけ》び声《ごえ》がしてきました。まるで、つむじ風《かぜ》に巻《ま》きこまれたように、子《こ》どもがクルクルと宙《ちゅう》に舞《ま》っていました。

「……めんよ、ゆる……して、きゃーっ！」

杖《つえ》にしがみついた男《おとこ》の子《こ》が、勢《いきお》いよく窓《まど》から飛《と》び込《こ》んできました。

ラチカが両手《りょうて》をポンと打《う》つと、杖《つえ》は空中《くうちゅう》でクルンと一回転《いっかいてん》し、ドタンと男《おとこ》の子《こ》はせんたくかごの中《なか》に、ふり落《お》とされました。

「人《ひと》から物《もの》を借《か》りるときは、どうするんだい?」

ラチカが、こわい顔《かお》をしました。

「だからさ、代《か》わりのやつをつくっておいたんだ。ラチカが気持《きも》ちよさそうに、寝《ね》てたからさ……」

男《おとこ》の子《こ》は首《くび》をひっこめ、うるんだ目《め》でラチカを見上《みあ》げました。

「よーくお聞《き》きよ、おチビさん。この杖《つえ》は、あんな棒《ぼう》っきれとは違《ちが》うんだ。ほかの者《もの》のいうことなんて、ききゃしないんだよ」

男《おとこ》の子《こ》は口《くち》をとがらせました。

「ラチカがよけいなことをしなければ、ちゃんとオイラのいうことだって、きいてくれるんだ」

「おだまり、ニコラ!」

ラチカは、ふうっと大《おお》きくため息《いき》をつき、床《ゆか》にころがっている、杖《つえ》をつかみました。

「この杖《つえ》には強《つよ》い力《ちから》があるんだよ。あぶないから、勝手《かって》に持《も》ち出《だ》しちゃいけないよって言《い》ってるのに……困《こま》った子《こ》だよ」

ニコラの頭《あたま》を、指《ゆび》でツンとはじきました。

「さあ、あたしはこれから森《もり》に行《い》って来《く》るからね、ヒヨドリの子《こ》が、迷子《まいご》になって困《こま》っているらしい。

ニコラは、ナベのシチューをあたためといておくれ」

森《もり》が夜《よる》の暗《くら》やみに、すっかりつつまれたころ、ラチカが帰《かえ》ってきました。

テーブルの上《うえ》には、きちんと夕食《ゆうしょく》のしたくが、整《ととの》っています。

「ヒヨドリの子《こ》は、ちゃんとママのところに帰《かえ》れたの？」

皿《さら》にシチューをよそいながら、ニコラがききました。

「ああ、すぐにね。だけど、きのうの嵐《あらし》で、がけがくずれていたはずだが、きれいになっていたよ。へんだねえ……」

ラチカがわざとらしく、頭《あたま》をかしげました。

「オイラが、やったよ。あの杖《つえ》は、どんなに大《おお》きな岩《いわ》でも、ヒョヒョイのヒョイさ！」

得意《とくい》そうな顔《かお》で、ニコラがテーブルにつくと、

「ふん！」

ラチカは大《おお》きく鼻《はな》を鳴《な》らしました。

夕食後《ゆうしょくご》、だんろのそばのソファーで、ラチカが横《よこ》になると、ニコラがいつものように、歌《うた》をうたいました。

ベラルーシェ、ベラルーシェ
美《うつく》しい歌声《うたごえ》、愛《いと》しいくちびる
闇《やみ》につつまれ、消《き》えゆく花《はな》よ
百年《ひゃくねん》の時《とき》は止《と》まり、黒《くろ》き水《みず》の底《そこ》にしずむ
ベラルーシェ、ベラルーシェ
かなしきひとみ、ロワールの涙《なみだ》……

意味《いみ》もわからずに歌《うた》う、ニコラの清《きよ》らかな声《こえ》は、夜《よる》の森《もり》に響《ひび》き、オオカミは遠吠《とおぼ》えをやめ、ラチカは霧《きり》のなかに吸《す》いこまれるように、眠《ねむ》りにつくのでした。

三《さん》

ラチカの杖《つえ》は、かたいオークの木《き》で、できています。

野《の》ウサギが立《た》ち上《あ》がっている形《かたち》で、耳《みみ》が取《と》っ手《て》になり、後《うし》ろ足《あし》から下《した》は、杖《つえ》の先《さき》までねじれていました。前足《まえあし》には、直径《ちょっけい》5センチほどの黒水晶《くろすいしょう》の玉《たま》が、足《あし》でかかえるように、はめ込《こ》まれていました。

ラチカはいつも、この杖《つえ》を持《も》って森《もり》へ行《い》き、困《こま》っている動物《どうぶつ》たちの手助《てだす》けをしているのです。しゃがれた声《こえ》で、じゅもんを唱《とな》えると、杖《つえ》は宙《ちゅう》を舞《ま》い、自由《じゆう》に動《うご》きながらいろいろな仕事《しごと》をしてくれました。

ただ、杖《つえ》にはめ込《こ》まれている、黒水晶《くろすいしょう》の玉《たま》は、ニコラが歌《うた》うと、白《しろ》く光《ひか》ったり、赤《あか》く光《ひか》ったりして、まるで息《いき》をしているようになるのでした。

「ねえ、ラチカ、ミラの泉《いずみ》って知《し》ってる？」

ラチカが糸《いと》をつむいでいるのを、じゃましないように、そっとニコラがききました。

「……ミラの泉《いずみ》……この森《もり》には、そんな泉《いずみ》なんてないね。なんでそんなことをきくのさ！」

ラチカは、じっとニコラを見《み》つめました。

「オイラがうたう、あの歌《うた》にはつづきがあって、ずっと思《おも》い出《だ》せなかったんだけど、昨日《きのう》、ラチカが眠《ねむ》ったあとに、杖《つえ》からきこえてきたんだ……ちょっとだけだけど……」

ニコラははずかしそうに、ほほを赤《あか》くして歌《うた》いだしました。

「ベラルーシェ、ベラルーシェ
ミラの泉《いずみ》、うつる三日月《みかづき》
ロワールの想《おも》い、夜露《よつゆ》にかがやく
っと、なんだっけ……ベラルー」

「もうおやめ！　気分《きぶん》が悪《わる》くなったよ！　おまえの歌《うた》なんて、ききたくないんだ！」

ラチカは大声《おおごえ》でどなり、振《ふ》り返《かえ》ってニコラをみると、ニコラはうつむきながら、からだをふるわせて、ぽとりぽとりと、おおつぶの涙《なみだ》をこぼしていました。

「……なんで、悲《かな》しいんだろう……ラチカ、なんでこんなになみだが出《で》ちゃうんだろう」

ニコラは、ラチカのからだにしがみつき、大声《おおごえ》をあげて泣《な》きました。

「バカな子《こ》だね。思《おも》い出《だ》さなくていいことだってあるんだよ……あたしたちには、思《おも》い出《だ》しちゃいけないことが……」

ラチカは、泣《な》きじゃくるニコラのあたたかい頭《あたま》を、しわだらけのごつい手《て》で、そっとなでました。

ラチカは、かわいいニコラとの暮《く》らしが、ずっと続《つづ》くことを願《ねが》っていました。なぜニコラと暮《く》らしているのか、いつからこんな生活《せいかつ》をしていたのか、思《おも》い出《だ》すことがこわかったのです。

四《よん》

ニコラはラチカに何度《なんど》しかられても、杖《つえ》を持《も》ち出《だ》します。強《つよ》い力《ちから》で、杖《つえ》に引《ひ》きよせられる感《かん》じがするからです。

この日《ひ》も、誘《さそ》われるように、杖《つえ》をこっそりと持《も》ち出《だ》し、深《ふか》い森《もり》の奥《おく》にある、黒沼《くろぬま》にやってきました。ほとりにある大《おお》きな古木《こぼく》の根元《ねもと》にこしかけると、日《ひ》の光《ひかり》に杖《つえ》をかざして見《み》ました。

黒水晶《くろすいしょう》の中《なか》は、光《ひかり》が屈折《くっせつ》しているせいか、水《みず》の中《なか》に赤《あか》と黒《くろ》の絵《え》の具《ぐ》をたらしたように、グルグルとマーブル状《じょう》になっていました。

なにげなく、ニコラが歌《うた》をうたいはじめると、玉《たま》ははげしく光《ひかり》り出《だ》し、杖《つえ》がふるえました。

その光《ひかり》の中《なか》に、美《うつく》しい男女《だんじょ》の姿《すがた》が見《み》えたとたん、ニコラの心《こころ》は深《ふか》く強《つよ》い悲《かな》しみでしめつけられ、また涙《なみだ》があふれ出《だ》しました。

「このあたりはオオカミが出《で》るから、きちゃいけないって言《い》ったはずだよ。」

うしろからラチカの声《こえ》がしました。

「あたしたちの時間《じかん》はね、止《と》まっているんだよ。本当《ほんとう》の記憶《きおく》はどこかにしまい込《こ》まれているのさ……」

ラチカはニコラの横《よこ》に、どっこいしょと腰《こし》をおろしました。

「きっと、この玉の中《たまなか》だよ。透《す》かしてみるとほら、女《おんな》の人《ひと》と男《おとこ》の人《ひと》がうたっている。きっと、あの歌《うた》の続《つづ》きだよ、記憶《きおく》なんだよ！　そうでしょ、ラチカ」

ニコラはラチカの前掛《まえか》けで、涙《なみだ》をふきました。

「歌《うた》と記憶《きおく》？　なんの関係《かんけい》もありゃしないよ」

ラチカは目《め》を伏《ふ》せると、

「じゃあ、ラチカの魔法《まほう》で、オイラをおとなにしておくれよ。そしたら、ラチカをお嫁《よめ》さんにするよ！」

ニコラは目《め》をかがやかせました。

ラチカは、いつもニコラにきびしくしてきました。それだけに、ニコラの言葉《ことば》がとてもうれしく感《かん》じられました。

「こんなばあさんをからかうんじゃないよ。だけど、ニコラはいい青年《せいねん》になるよ。そしたら、都会《とかい》へ行《い》って、勉強《べんきょう》して、立派《りっぱ》なおとなにならなくちゃいけないよ。そして年《とし》をとって、じいさんになったら、この森《もり》に帰《かえ》ってきておくれよ」

ラチカは、はじめてニコラの左《ひだり》のほほに、やさしくキスをしました。

「あっ！　思《おも》い出《だ》した！
ベラルーシェ、ベラルーシェ
ミラの泉《いずみ》の黒水晶《くろすいしょう》に、オークの夜露《よつゆ》
いのちのともしび、ロワールへのくちづけ
モルヴァンのねむり、いまめざめん！」
そのときです。
黒水晶《くろすいしょう》の玉《たま》が、杖《つえ》からはずれて宙《ちゅう》に浮《う》き上《あ》がると、どろりとよどんだ黒沼《くろぬま》の上《うえ》で、
パーーーン
とくだけちり、あたり一面《いちめん》、まばゆい光《ひかり》につつまれました。
光《ひかり》は強《つよ》さを増《ま》しながら、森《もり》じゅうに広《ひろ》がっていきました。
「まったく、なんて光《ひかり》なの、目《め》がくらんでしまったわ」
ラチカが目《め》をこすりながら、ゆっくりと立《た》ち上《あ》がりました。
そばには、背《せ》の高《たか》い男性《だんせい》が立《た》ち、まぶしそうに見《み》つめていました。
「ラ、ラチカ……いや、ベラルーシェ……」

ラチカはベラルーシェに、ニコラはロワールへと、失《うしな》われた記憶《きおく》が、ひとつにつながった歌《うた》とともに、よみがえったのです。

ふたりは手《て》をとり、おたがいの名前《なまえ》を呼《よ》びあいました。

森《もり》の中《なか》にただよっていた黒《くろ》い霧《きり》は消《き》え、あたたかい光《ひかり》にあふれました。くだけちった黒《くろ》水晶《すいしょう》のかけらから、清《きよ》らかな水《みず》がわきだすと、虹色《にじいろ》に輝《かがや》くミラの泉《いずみ》があらわれました。

モルヴァンの森《もり》は、百年《ひゃくねん》のねむりからさめ、植物《しょくぶつ》たちはいっせいに芽吹《めぶ》き、次々《つぎつぎ》に花《はな》を咲《さ》かせていきました。

やがて、ミラの泉《いずみ》が鏡《かがみ》のように、月《つき》を映《うつ》して輝《かがや》きました。

ベラルーシェ、ベラルーシェ
ロワールと歌《うた》う、ミラの泉《いずみ》のほとり
モルヴァンの森《もり》に、光《ひかり》があふれ
やさしい時《とき》よ、ふたたび流《なが》れる
美《うつく》しきふたり、永遠《えいえん》に輝《かがや》く

ようこそ！ジャガジャガ国《こく》へ

加《か》藤《とう》圭《けい》子《こ》　作《さく》
おぐらあけみ　絵《え》

ぼくの家《いえ》にりんごはない。

あるのは、冷蔵庫《れいぞうこ》のおくでわすれられて、芽《め》が出《で》たじゃがいもだけ。

「あのね、ヨシキくんちは、わすれ物《もの》をパパに携帯《けいたい》のメールでたのんで買《か》ってきてもらうんだって、ぼくんちもとうちゃんにりんごたのもうよ」

かあちゃんはバシッと手《て》のひらで、ぼくの頭《あたま》をはたいた。

そして、ぼくのランドセルをかってにあけて、くしゃくしゃのプリントを2～3枚《まい》手《て》にとった。(やばい)見《み》せてないプリントだけじゃない。テストも入《はい》っている。

「シュン!」

どきっとしたけど、かあちゃんは国語《こくご》のテストは下《した》においた。(ラッキー)とおもったのはあまかった。かあちゃんはぼくをにらんだ。テストじゃないほうのプリントをぼくに見《み》せた。

「ほら一週間《いっしゅうかん》も前《まえ》に、先生《せんせい》からのおたよりがあったじゃない。見《み》せなかったシュンの責任《せきにん》よ」

〈三年生総合科《さんねんせいそうごうか》〉

皮《かわ》むき大会《たいかい》のお知《し》らせ

手先《てさき》の器用《きよう》さを身《み》につけるために、楽《たの》しく皮《かわ》むき大会《たいかい》を行《おこな》います。

つきましては、お子《こ》さんが皮《かわ》をむく練習《れんしゅう》になりそうな、くだものか、やさいをもたせてください。

（例《れい》・りんご・じゃがいもなど）

かあちゃんは、じゃがいものところをゆびさしていった。

「ね、りんごじゃなくてもいいのよ。シュン」

明日《あした》は皮《かわ》むき大会《たいかい》だ。

「シュン、けがのひとつやふたつしたって気《き》にしないのよ。いいけいけんよ」

かあちゃんは、元気《げんき》づけてるつもりかもしれないけど、ぼくには、よけいおどかしていることばにきこえた。

こうしてぼくは、「しっかりがんばってきなさい」と、うちからおくりだされた。

朝《あさ》の教室《きょうしつ》で、

「シュンちゃん！　りんごもってきた？」

ヨシキくんがはずんだ声《こえ》できいた。

ぼくは、まだランドセルから出《だ》していない芽《め》の出《で》たじゃがいもをおもいうかべて、くびをよこにふった。

「え、わすれちゃったの？」

くびをよこにふるしかない。

「どっちなんだよ」

「皮《かわ》がむければなんだっていいって、先生《せんせい》いってたよね」

ぼくは、へんないいわけをした。

「きのう、りんごの皮《かわ》むきで、ながさのくらべっこしようってシュンちゃんがいったのに、わすれちゃったの」

「あ……」

ヨシキくんをなさけない目《め》でみつめてしまった。ぼくは、またまたおちこんだ。

ヨシキくんとのやくそくをまもれそうもない。おまけに「ごめんね」もいいそびれた。

ヨシキくんは、おこってむこうへいっちゃった。もう、なきたいきぶんだ。

それに、じゃがいもをもってきたのは、どうやら、ぼくだけのようだった。

五時間目《ごじかんめ》の家庭科室《かていかしつ》。

先生《せんせい》は包丁《ほうちょう》のあつかい方《かた》について、くどいくらいていねいなせつめいをした。

いよいよ皮《かわ》むきがはじまる。

「ああっ、アヤカちゃんうまい、りんごの皮《かわ》がつながってるよ」

まわりじゅうの子《こ》が、アヤカちゃんをとりかこんでいた。

先生《せんせい》が、はなしてくれた。

「りんごでね、皮《かわ》むきうらないっていうのがあるのよ。ぜんぶつながってむけた人《ひと》は、しあわせになれるんですって」

「うわあ、おれ、ふこうだらけ」

ツヨシくんが、ぶちぶちにきれた皮《かわ》をうらめしそうにみつめてた。

家庭科室《かていかしつ》が、あまいりんごのかおりでいっぱいになってきた。

ぼくはみんなが自分《じぶん》の皮《かわ》むきにねっちゅうしているのをたしかめてから、こっそり芽《め》がでているじゃがいもをとりだした。

ためいきをつきながら、そのごわごわのやつに顔《かお》を近《ちか》づけてみつめた。

「ヤット、ソノ気《き》ニナッタカ」

どきっとして、ぼくはあたりをきょろきょろ見《み》た。

ざせきは、めだたないように、いちばんうしろをとれたから、ぼくのうしろにはだれもいないはず。

ヨシキくんは、ぼくのななめまえで、がんばって赤《あか》い皮《かわ》をつなげようと、なれない包《ほう》丁《ちょう》とたたかっている。

じゃあだれの声《こえ》なんだろう。

ぼくは、右手《みぎて》にじゃがいも、左手《ひだりて》に包丁《ほうちょう》をもった。

「オマエ、左《ひだり》キキカ?」

あわてて、じゃがいもをつくえにおき、右手《みぎて》に包丁《ほうちょう》をもちかえた。

そのとき、つくえの上《うえ》の芽《め》と目《め》があった。

「オレサマノ顔《かお》ヲ、ウマク、クッツケルンダゾ。リンゴノ皮《かわ》ムキウラナイナンカ子《こ》ドモダマシダ。ソレヨリ、モットスゴイコトガオキタノダカラ、フフフ、オレサマニ会《あ》エルッテコトダガナ、ハッハッハッハ……」

その芽《め》は、ごつごつしたかいじゅうの顔《かお》のようだった。

しかもぼくに、はなしかけた。

先生《せんせい》がぼくに近《ちか》づいてきた。

「まあ、シュンくん、すごい、芽《め》のあるじゃがいもにちょうせんね」

べつに、ちょうせんしたいわけじゃないんだけど、「うちにりんごがなかったので」ともいえず、こっくりとうなずいた。

ポンポンとかるく先生《せんせい》の手《て》が、かたをたたいてはげましてくれた。

先生《せんせい》がそばにいる間《あいだ》、かいじゅうの顔《かお》は、ただの芽《め》にもどった。

（なんだ、やっぱり見《み》まちがいだった。かんがえすぎだよな）

ぼくは、しんこきゅうしてその大《おお》きな芽《め》のところに包丁《ほうちょう》の刃《は》をあてた。

「イテッ、バカ、ムキハジメハ、オレサマヲ皮《かわ》ニクッツケタママダ！」

あわてて、ふかく包丁《ほうちょう》の刃《は》をさしこんだ。

「ソウソウ、ユックリデイイカラ」

皮《かわ》の下《した》のじゃがいもを二《に》ミリのあつさでむきはじめ、すこしずつ、くいこんで五《ご》ミリにもなろうかとしている。

♪ジャガジャガ　ジャガジャガ
　ジャガジャガジャ！

♪ジャガジャガ　ジャガジャガ
　ジャ！　ヘイ！

気《き》のせいか、へんなうたごえがきこえる。

だいじょうぶかなと、手《て》を休《やす》めた。

「ナカナカヤルジャナイカ、初心者《しょしんしゃ》ハ、タイテイ、シッパイシテオレサマヲチャント、モトノスガタニモドセナイシ、ウタワセナイ」

その、芽《め》かいじゅうは、またぼくにはなしかけはじめた。

（もとのすがたっていわれてもなぁ）

ぼくは、みんなに気《き》づかれないように、ないしょばなしでたずねた。

「すいません、あなたは、じゃがいもの芽《め》ですよね」

「ナニヲイマサラ、ネボケテルンダ。ハヤクツヅキヲススメロヨ。オレサマハ、気《き》ガミジカイジャガジャガナンダカラ」

「ジャ、ジャガジャガ？」

ぼくは、またおそるおそる包丁《ほうちょう》でつっかえながら皮《かわ》むきをつづけた。

♪ジャガジャガ　ジャガジャガ

　ジャガジャガジャ！

♪ジャガジャガ　ジャガジャガ

　ジャ！　ヘイ！

また、さっきとおなじうたがきこえてきた。

ぼくの耳《みみ》はかんぜんにおかしくなってしまったのかと、びびってしまった。五《ご》～六《ろく》センチくらいになったところで、手《て》がすべって皮《かわ》がきりはなされかけた。

ちぎれないようにおもいきりほうちょうをおしてしまった。

「あっ」

つぎのしゅんかん、ぼくのおやゆびに包丁《ほうちょう》の刃《は》があたってしまった。

「よーうこそ！　ジャガジャガ国《こく》へおいでくださいました」

ぼくは、目《め》をとじた。きずついた左手《ひだりて》おやゆびのいたみをまだ感《かん》じていない。

包丁《ほうちょう》の刃《は》が左手《ひだりて》のおやゆびにどうあたっているのか、こわくて見《み》ることができない。

いたくなるにきまってるけど、そのまえに、にげだしたくなってきた。

「なかなかのおかたですな」

「はあ」

そのまま上《うえ》をむいていたぼくは、なんだか、包丁《ほうちょう》がまだじゃがいもと皮《かわ》とのあいだにあるような感《かん》じがしてきた。

「あと一《いっ》センチがんばってくだされば、あなたの生《う》み出《だ》したジャガジャガにいのちがふきこまれますので」

いのち？　ぼくはきゅうにプレッシャーを感《かん》じた。おやゆびがいたくなるのはいやだけど、ジャガジャガのいのちがかかってるんだったらしかたないとおもった。

かあちゃんもけがの一《ひと》つや二《ふた》つ気《き》にするなっていってたもんな。

「ぼく、がんばりますから、まかせてください。で、あなたはだれですか」

「わたくし、ジャガジャガ国《こく》の執事《しつじ》でございます」

「ひつじ？」

「いいえ、し・つ・じ、です」

ぼくはきょろきょろして、声《こえ》のぬしがどこにいるのかさがしてみた。ゆきのように白《しろ》いかべにかこまれていた。ちょうどいりぐちのない、かまくらの中《なか》のようだ。

「いま、あなたはジャガジャガ国《こく》にいらっしゃるのです」

「えっ？」

「けんとうをいのります。じょうずになればわたくしどものもとへ、来《き》たいときに来《こ》られるようになれますので、またお会《あ》いしましょう。そのジャガジャガに、どうかいのちをふきこんでやってください」

ぼくは、包丁《ほうちょう》をもつ手《て》もとに目《め》をやった。血《ち》がにじみはじめたけど、なんとかきりはなさずがんばって皮《かわ》むきをつづけた。一《いっ》センチぐらい皮《かわ》のながさがのびたとおもったとき、執事《しつじ》のいったとおり、なにかがはじまったみたいだ。

ジャジャジャジャーン

ジャガジャガジャガジャーン

そのじゃがいもの皮《かわ》でできた、こわい顔《かお》のジャガジャガは空中《くうちゅう》をゆっくりおよぐようにとびはじめた。ぼくの目《め》の前《まえ》で。

あのうたにあわせて、クネラクネラとおどっているようにも見《み》えた。

どのくらい時間《じかん》がたったのかわからなかった。ぼくの左《ひだり》のおやゆびからちがにじみてきた。ぽとりと一《いっ》てきこぼれそうになったので、おもわずおやゆびを口《くち》にあてた。もっていたじゃがいもも、包丁《ほうちょう》も、まないたにおこうとした。

「オイ、ヤメロ！　モウ、ウタエナイノカ～。ウワーア、ショウガナイナ、ミ・ジュ・ク・モ・ノ・メエ……」

じゃがいもの芽《め》がついた皮《かわ》のきれはしは、まないたの上《うえ》にさけびながらおちた。

かいじゅうの顔《かお》は、ただの芽《め》にもどった。

「先生《せんせい》！　たいへんです！」

ぼくは、とっさに声《こえ》をだしてしまった。

みんながいっせいに、こちらをふりむいた。そうか、ただの皮《かわ》むきだったっけ、とおちついたら、じぶんがどこにいたのかをおもいだした。ぼくはゆびをなめていた。

先生《せんせい》はにっこりしながら近《ちか》づいてきた。

「だいじょうぶよ、はじめての皮《かわ》むきで、むずかしいじゃがいもにチャレンジしてるんだから、じょうでき、じょうでき」

なぐさめながら五《ご》センチほどの芽《め》つきの皮《かわ》をつまんだ。みんなもうなずいてくれた。

「シュンくんのほうがすごいよ」

ぼくよりみじかくなってしまった子《こ》が、りんごの皮《かわ》をみせてくれた。

「シュンちゃん、どんまい！」

とっくにむきおわっている、アヤカちゃんが、りんごのきれはしを口《くち》の中《なか》にいれてくれた。あまずっぱいりんごのあじが、朝《あさ》からのきんちょうをいっぺんにほぐしてくれた。

いつのまにかヨシキくんがそばにいて

「なんだ、シュンちゃん、じゃがいもをもってきたのか」

「うん、ごめんね。やくそくしたのにりんごじゃなくて」

「はやくいってくれればいいのに」

ヨシキくんは、りんごの皮《かわ》をとりにいった。ぼくの芽《め》つき皮《かわ》とならべた。

「やったね。五《ご》ミリぐらいぼくのかちだ。だけど……」

ヨシキくんはわらいながら、りょう手《て》でピースした。そしてじゃがいもの芽《め》のついた皮《かわ》をまじまじと見《み》た。

「これ、かっこいいね。じゃがいもの皮《かわ》についてるやつ。つよそうな顔《かお》だね」

ぼくのじゃがいもの皮《かわ》は、クラスのみんなからみとめられたのだった。

ヨシキくんまで、「かっこいい」としきりにいうから、ぼくは、なんだか、いままでのゆううつな気《き》もちがふきとんだ。

じゅぎょう時間《じかん》いっぱいつかって、ぼくは、ぶちぶちとちぎりながら、皮《かわ》むきをおえた。でこぼこのとらがりっていうのかな。

いや、とらむきだ。

図書館《としょかん》の穴《あな》

児島《こじま》まみ　作《さく》
チャト　絵《え》

「チハル。小五《しょうご》、女子《じょし》。身長《しんちょう》百四十二《ひゃくよんじゅうに》センチ、体重《たいじゅう》そこそこ。シュミ…読書《どくしょ》。一週間《いっしゅうかん》に四日《よっか》は図書館《としょかん》に通《かよ》ってます。とにかく、本《ほん》が手元《てもと》にないと生《い》きていけなぁい！　三度《さんど》の食事《しょくじ》より、五分《ごふん》の読書《どくしょ》。学校行《がっこうい》くより、図書館行《としょかんい》きたい！　シュミ、というよりは、中毒《ちゅうどく》に近《ちか》いかもっ。よろしくー」

五年生《ごねんせい》になった時《とき》の、チハルの自己紹介《じこしょうかい》。

クラス中《じゅう》、大《だい》ばく笑《しょう》になった。

一週間前《いっしゅうかんまえ》のこと。先生《せんせい》たちはみんな、小《しょう》・中学校教師《ちゅうがっこうきょうし》なんじゃら講習会《こうしゅうかい》とやらがあって、授業《じゅぎょう》は午前中《ごぜんちゅう》でおしまい。チハルにとって、いや、みんなにとってラッキーなこと。

チハルは、家《いえ》にランドセルを置《お》くと、すぐに自転車《じてんしゃ》に乗《の》り図書館《としょかん》へ。もちろん、ひとりで。

その時《とき》だ。チハルが、あの男《おとこ》の子《こ》をはじめてみたのは。

三《さん》さいくらいの男《おとこ》の子《こ》は、やさしい物語《ものがたり》のたなの前《まえ》あたりで、しゃがみこんでしまった。

「ほら、あっちいくよ。ねずみさんのご本《ほん》は、あっちだよ」

ママが、手《て》をひいて絵本《えほん》のある部屋《へや》に引《ひ》っ張《ぱ》っていこうとしていた。男《おとこ》の子《こ》は、ママに引《ひ》きずられて二《に》～三歩《さんぽ》あるいたけど、すぐにもとの場所《ばしょ》にもどってしまう。ママは、あきらめて、ひとりで絵本《えほん》をさがしに行《い》ってしまった。

（なんで？　なんで、あの場所《ばしょ》にこだわるの⁉）

チハルは気《き》になって、てきとうに本《ほん》を一《いっ》さつつかむと、男《おとこ》の子《こ》の近《ちか》くのソファにすわった。本《ほん》を読《よ》むふりをして、こっそりのぞいてみた。

男《おとこ》の子《こ》は、四《よ》つんばいになって、じーっと床《ゆか》をみつめている。

床《ゆか》には、直径《ちょっけい》十《じっ》センチメートルくらいの銀色《ぎんいろ》に光《ひか》るものが。

（こんなとこに、あんなもの、あったっけ？）

チハルが、考《かんが》えこんでいると、ママがやってきて、男《おとこ》の子《こ》をかかえて、絵本《えほん》のコーナーに行《い》ってしまった。

カウンターでは、図書館《としょかん》のおねえさんが、おばさんに本《ほん》を貸《か》し出《だ》したり、おじいさんに本《ほん》をさがしてあげたりしていた。

チハルはすわったまま、銀色《ぎんいろ》の丸板《まるいた》がよくみえるところまで、ズルズルと移動《いどう》した。

チハルがすわっている場所《ばしょ》は、ちょうどカウンターから見《み》えるか見《み》えないかのあたり。

だから、そちらを気《き》にしながら、床《ゆか》の銀板《ぎんばん》をみた。

（なんだろう？　何《なに》かのふたかかな？　たとえば、道路《どうろ》でいったらマンホールのふたみたいな……んー、ちょっとちがうか……丸《まる》い鏡《かがみ》が、床《ゆか》にすっぽりはまってるみたいな……）

チハルは、ちょっとからだをのばして、上《うえ》から銀板《ぎんばん》をのぞいてみた。チハルの日《ひ》に焼《や》けて黒《くろ》い顔《かお》が、映《うつ》っただけだった。

（なあんだ。つまんない。やっぱり、鏡《かがみ》か）

チハルは、閉館《へいかん》ギリギリまでいて、何《なん》さつか本《ほん》を借《か》りて帰《かえ》った。

次《つぎ》の日《ひ》は、六時間《ろくじかん》バッチリ授業《じゅぎょう》があったので、図書館《としょかん》には三十分《さんじっぷん》しかいられなかった。もちろん、あの男《おとこ》の子《こ》にも会《あ》ってない。

ところが、三日前《みっかまえ》の木曜日《もくようび》。男《おとこ》の子《こ》は、床《ゆか》に四《よ》つんばいになって、銀色《ぎんいろ》の丸板《まるいた》にむかって何《なに》かしゃべっていた。

「ぱぴ、ぱち、ぺぽぽぉ…ばふ、ぴき、ぷぅ……」

まるで、だれかに話《はな》しかけているみたいで、チハルが近《ちか》づいていっても、ぜんぜん気《き》づかない。

「ぱぴ、ぱち、ぺぽぽぉ…ばふ、ぴき、ぷぅ…ぶよ、びぎ、くぅ」

その時《とき》、鏡《かがみ》のような銀色《ぎんいろ》の丸《まる》い板《いた》から、かすかにキラリンと光《ひかり》がでた。男《おとこ》の子《こ》は、顔《かお》をちょっと上《あ》げて、にっこり笑《わら》った。

（うっそー。これって、ただの丸板《まるいた》じゃなかったの？　今《いま》、ぜったいに光《ひかり》でたよね！）

男《おとこ》の子《こ》は、まんぞくげに、ママのところにいってしまった。

チハルは、急《いそ》いで銀《ぎん》の丸板《まるいた》をのぞいてみた。チハルの顔《かお》はうつっていなかった。そのかわり、水《みず》の中《なか》に絵《え》の具《ぐ》をたらしたみたいに、ゆらゆらゆれていた。今《いま》までの冷《つめ》たい銀《ぎん》色《いろ》の板《いた》ではなくて、とてもやわらかなイメージ。

ちょっと手《て》をのばしてみた。指《ゆび》が、銀板《ぎんばん》にふれずに消《き》えた。

「○月×日《まるがつばつにち》までの貸出《かしだ》しになります。どうぞ」

図書館《としょかん》のおねえさんの声《こえ》が、ひびいたとたん、指《ゆび》がピンッとはじかれた感《かん》じがした。

チハルの手《て》は、冷《つめ》たい銀色《ぎんいろ》の丸《まる》い板《いた》の上《うえ》にのせられていた。

（なに？　今《いま》の。うぇー、おもしろい！）

それから、昼《ひる》も夜《よる》も銀色《ぎんいろ》の丸板《まるいた》と男《おとこ》の子《こ》のことをずーっと考《かんが》えた。考《かんが》えても、かんがえても、答《こた》えはみつからない。

（とにかく、実行《じっこう》あるのみだ！　図書館《としょかん》に行《い》って確《たし》かめるっきゃないよね！）

でも、夕方《ゆうがた》ぎりぎりの時《とき》はもちろん、土《ど》、日《にち》も男《おとこ》の子《こ》はいない。

あしたから、家庭訪問週間《かていほうもんしゅうかん》で、毎日《まいにち》、午前授業《ごぜんじゅぎょう》。

チハルは、わくわくするのをおさえられなくて、ひとりでに顔《かお》がニヤニヤした。

何《なん》の成果《せいか》も得《え》られないまま、とうとう家庭訪問《かていほうもん》の最終日《さいしゅうび》になってしまった。

「いた！」

チハルは、小《ちい》さくガッツポーズした。

男《おとこ》の子《こ》は、銀色《ぎんいろ》の丸板《まるいた》にむかって

「ぱぴ、ぱち、ぺぽぽぉ…ばふ、ぴき、ぷぅ…ぶよ、びぎ、くぅ」

と話《はな》しかけながら、銀色《ぎんいろ》の丸板《まるいた》をたたいた。

ぴちゃぴちゃ。とちいさい音《おと》がした。

（やっぱり、水《みず》だ！　あの変《へん》なことばが、きっと呪文《じゅもん》なんだ）

チハルは急《いそ》いで、例《れい》のソファにすわった。

「ぱぴ、ぱち、ぺぽぽぉ…ばふ、ぴき、ぷぅ…ぶよ、びぎ、くぅ」

チハルは、覚《おぼ》えようと耳《みみ》をかたむけて、真剣《しんけん》に聞《き》いた。が、そんなに、かんたんに覚《おぼ》えられるもんじゃない。バッグから、ノートとエンピツを出《だ》した。

（えーっと。ぱぴ、ぱち、ぺぽぽぉ…ばふ…、ぴき、ぷぅ…ぶよ、びぎ、くぅ…。やったー。呪文《じゅもん》ゲット！）

チハルは、すこしずつ男《おとこ》の子《こ》に近寄《ちかよ》っていった。

「ぱぴ、ぱち、ぺぽぽぉ…ばふ、ぴき、ぷぅ…ぶよ、びぎ、くぅ」

男《おとこ》の子《こ》は、チハルが近《ちか》づいてきたのがわかったのか、ママのいる方《ほう》へかけて行《い》ってしまった。

チハルは、急《いそ》いで銀色《ぎんいろ》の丸板《まるいた》に近《ちか》づき、のぞきこんでみる。と、表面《ひょうめん》がゆれている。

右手《みぎて》で、そっと触《さわ》ってみる。

指《ゆび》は銀色《ぎんいろ》の板《いた》をすり抜《ぬ》けて手首《てくび》まで、と次《つぎ》のしゅん間《かん》、チハルの体《からだ》は何《なに》かにぐいっと引《ひ》っ張《ぱ》られた。

「ひぇー。なにぃ」

思《おも》わず、声《こえ》がでてしまった。

グラリとゆれた自分《じぶん》の体《からだ》が、肉《にく》と骨《ほね》でできているとは、チハルには、とても思《おも》えなかった。そう、うすっぺらな布《ぬの》になってしまった感《かん》じ。

(ひょえ〜っ。どうなってるのぉ……)


「いたたっ」

チハルは床《ゆか》にしりもちをついた。

(なんで？　今《いま》の何《なに》？　ほんの一《いっ》しゅんだったけど、音《おと》のない世界《せかい》なのに、まぶしいくらい光《ひかり》があふれてて……で、また今《いま》は、なんで、こんなに急《きゅう》にうす暗《ぐら》くなっちゃったの？)

チハルは、きょろきょろとまわりをみたが、書《しょ》だながない。

（えっ？　えーっ。本《ほん》。本《ほん》はどこ行《い》っちゃったの？　っていうか、何《なに》もないじゃん。どこ？　どこ、どこ？　図書館《としょかん》じゃないの？　あの子《こ》はどこ行《い》っちゃったの）

右手《みぎて》がひんやりと冷《つめ》たかった。下《した》には、鏡《かがみ》のようにかたくなった銀色《ぎんいろ》の丸板《まるいた》が。

室内《しつない》の電灯《でんとう》はついていなかった。

チハルは、ゆっくりと立《た》ち上《あ》がった。

目《め》をこらしてみると、部屋《へや》の奥《おく》の壁《かべ》にあるガラス張《ば》りのショーウィンドウだけが、明《あか》るく光《ひか》っている。

「……やっぱり、図書館《としょかん》じゃない。も、もしかして、ワープしちゃったの？　私《わたし》」

チハルは、ショーウィンドウにそうっと近《ちか》づいていった。

中《なか》には、お内裏様《だいりさま》とお姫様《ひめさま》、つまり、ひな人形《にんぎょう》がすわっていた。しかも、みたこともないような古《ふる》ぼけたおひな様《さま》だ。顔《かお》は、大《おお》きいたまご型《がた》。というより本当《ほんとう》に、ゆでたまごのカラにチョンと鼻《はな》らしきでっぱりがついている感《かん》じ。目《め》は細《ほそ》くて、口《くち》は小《ちい》さい。着物《きもの》も、古《ふる》いせいか、女《め》びなは薄汚《うすよご》れた感《かん》じのオレンジ色《いろ》で、男《お》びなはむかしはむらさき色《いろ》だったんじゃないかと思《おも》われる青系《あおけい》。

チハルがもっているのとは、ぜんぜんちがう。

「ねぇ、あなたたち、おひな様《さま》にしては、かなりオブスだよねぇ」

わけがわからないまま、わけのわからないところに来《き》てしまったことをすっかり忘《わす》れて、つい口走《くちばし》ってしまった。

その時《とき》、女《め》びながギロリとにらんだ。

チハルは、すこしも気《き》づかずに、思《おも》ったままを口《くち》にした。

「着物《きもの》だってさぁ、そんなにごうかじゃないし。なんとなくきたないし」

すると、女《め》びなの口《くび》がびーんと横《よこ》に広《ひろ》がった。

「さっきから、だまって聞《き》いておれば、好《す》き勝手《かって》なことを言《い》いおって。そなたは、いったい何者《なにもの》じゃ」

やけにカン高《だか》い声《こえ》が、女《め》びなの口《くち》から飛《と》び出《だ》した。

「ひょえー。おひな様《さま》が、しゃ、しゃべったぁ」

「これこれ、そのように大《おお》きな声《こえ》を出《だ》すでない。店《みせ》の者《もの》に気《き》づかれたら、そなたは、〈住《じゅう》居不法侵入罪《きょふほうしんにゅうざい》〉でうったえられるぞよ」

こんどは、男《お》びなが、高《たか》めの低《ひく》い声《こえ》でいった。

「ひっ。わっ私《わたし》は、チハル。若林《わかばやし》小《しょう》の五年生《ごねんせい》。こ、ここはどこ？　あ、あなたたちこそ何者《なにもの》なの？」

チハルは、何《なに》にでも興味《きょうみ》を示《しめ》す自分《じぶん》の性格《せいかく》を、すこし後《こう》かいした。が、思《おも》いきって質問《しつもん》してみた。

「見《み》ての通《とお》りの。ひな人形《にんぎょう》じゃ」

男《お》びなは、それだけいった。

するとプライドの高《たか》い女《め》びなが

「ただのひな人形《にんぎょう》ではないぞよ」

「そりゃそうでしょ。ただの人形《にんぎょう》は、しゃべったりしないもん」

ふしぎとチハルは、こわさを感《かん》じなかった。

「そういうことではない！　由緒《ゆいしょ》正《ただ》しき、元祖《がんそ》の元祖《がんそ》。いうなれば、ひな人形《にんぎょう》のご先《せん》祖《ぞ》さまということじゃ」

女《め》びなは、早口《はやくち》でキンキンいった。

「へぇ。だから、古《ふる》びて……」

「古《ふる》びておるのではない！　無礼《ぶれい》をもうすな！　歴史《れきし》があるともうせ」

「まぁまぁ。女《め》びなよ。そうキンキンもうすでない。品《ひん》がそこなわれるではないか。ところで、チハルとかもうす者《もの》、先程《さきほど》、若林小学校《わかばやししょうがっこう》といっておったな。社会科見学《しゃかいかけんがく》で、ここに来《き》たはずであろうが」

「あぁ。三年生《さんねんせい》の時《とき》に、来《き》た人形《にんぎょう》やさんなんだ！　ここ」

社会科見学《しゃかいかけんがく》？　男《お》びなの言葉《ことば》に、チハルは考《かんが》えこんだ。

チハルは、どこにいるのかわかってほっとした。

「あの時《とき》は、雨《あめ》がすごくて、お店《みせ》の人《ひと》が、『このカーテンの向《む》こうに古《ふる》いおひな様《さま》があるけど、しっ気《け》でダメになるといけないから』って見《み》せてくれなかったんだ。それで、私《わたし》は、興味《きょうみ》しんしんで、カーテンをチラッとあけたら、先生《せんせい》に見《み》つかって……へへへっ」

なんだか、なつかしくて、照《て》れくさくて笑《わら》ってしまった。

「そうであったか。それは、残念《ざんねん》であったな。では、すこしわれらの紹介《しょうかい》をしてさしあげよう。われらは、二百年《にひゃくねん》ほど前《まえ》に生《う》まれたのじゃ。チハルどのは古《ふる》いと思《おも》うかもしれぬが、おひな様《さま》の中《なか》では、ほんの若造《わかぞう》じゃ。おっほっほ」

男《お》びなは、みょうな笑《わら》い方《かた》をした。

「ふうん。そうなんだぁ。じゃあ、一番初《いちばんはじ》めにおひな様《さま》ができたのっていつごろなの？」

「コホン。そなた、そんなことも知《し》らぬのか？」

女《め》びなが、ゆっくりと檜扇《ひおうぎ》（せんすの一種《いっしゅ》）をあおいだ。

「おっ。動《うご》くんだ！」

チハルは、じーっと女《め》びなをみると、女《め》びなのほほが、すこし赤《あか》くなったような気《き》がした。

「あ、当《あ》たり前《まえ》じゃ。ふだん、じっとしておるので、たまには体《からだ》を動《うご》かさないと、老化《ろうか》が早《はや》く進《すす》むであろう。おなごは、いつの世《よ》も、いつまでも美《うつく》しくありたいと願《ねが》うものであろう」

女《め》びなは、目《め》を閉《と》じて、自分《じぶん》がいったことに満足《まんぞく》しているみたいだ。

「そういえば、おかあさんも、毎日《まいにち》せっせと顔《かお》に何《なに》かぬってるよ」

女《め》びなは、それみたことかという感《かん》じで、首《くび》をコクコクさせた。

「ん、んー」

男《お》びなは、げんこつを口《くち》の前《まえ》にあて、横目《よこめ》でチロリと女《め》びなをみた。

「話《はなし》がそれているようであるが。そもそも、おひな様《さま》の始《はじ》まりというのは、奈良時代《ならじだい》までさかのぼらねばならん」

「奈良時代《ならじだい》!? すっごーいむかしだね。なんか、想像《そうぞう》つかないけど……」

チハルは、目《め》を大《おお》きく見開《みひら》いた。

「続《つづ》けて良《よ》いかな？ おひな様《さま》は、病気《びょうき》や悪《わる》いことから、身《み》を守《まも》るおまじないの一《ひと》つなのじゃ。はじめは、紙《かみ》や草木《くさき》などで人《ひと》の形《かたち》をしたものを作《つく》ったんじゃ」

「われらのように、りっぱなものではないということじゃ」

女《め》びなが、ツンと鼻《はな》を上《うえ》に向《む》けていばった。

「コホン。口《くち》をはさむでない。その紙《かみ》や草《くさ》の人形《にんぎょう》で体《からだ》をなでて、病気《びょうき》や災《わざわ》いを人形《にんぎょう》に移《うつ》したのである。それを川《かわ》に流《なが》す儀式《ぎしき》が始《はじ》まりといわれておる」

男《お》びなは、先生《せんせい》のようだ。

「ところで、チハルどの。なぜ、おひな様《さま》をかざるか知《し》っておるか？」

男《お》びなは、左手《ひだりて》に持《も》っていた笏《しゃく》（木《き》の板《いた》）でむねをポンポンとたたいた。

「えーっと。そうやって、むかしから続《つづ》いてきた風習《ふうしゅう》だから？」

チハルは、今《いま》までそんなこと考《かんが》えたこともなかったので、びっくりした。

「まぁ、それも正解《せいかい》ではあるが、さっきもいったように、チハルどののおひな様《さま》は、チハルどのに降《ふ》りかかってくる災《わざわ》いを身代《みが》わりになって……」

「そう！　であるからして、お守《まも》りじゃ！　お守《まも》りなのじゃから、大切《たいせつ》にあつかってもらわねばこまる」

女《め》びなが、また、キンキン声《ごえ》で割《わ》って入《はい》った。

「まあ。そういうわけである」

男《お》びなは、一番《いちばん》いいたかったところを女《め》びなにいわれてしまったので、ちょっぴりため息《いき》まじりにいった。

その時《とき》、男《お》びなは、カーテンの向《む》こう側《がわ》に、気配《けはい》を感《かん》じた。

「チハルどの。もう帰《かえ》ったほうが良《よ》い。だれかが、近《ちか》づいてきておる」

男《お》びなのしゃべり方《かた》は、さっきまでのゆっくりしたものとは違《ちが》った。

「えっ？」

チハルはあせって、銀色《ぎんいろ》の丸板《まるいた》にかけ寄《よ》った。急《いそ》いでノートを開《ひら》くと、呪文《じゅもん》を唱《とな》えた。

「ぱぴ、ぱち、ぺぽぽぉ……ばふ、ぴき、ぷぅ……ぶよ、びぎ、くぅ」

ゆらり。

銀色《ぎんいろ》の板《いた》は、液体《えきたい》のようになった。

手《て》で銀色《ぎんいろ》の丸板《まるいた》にふれた。

「これからは、もっとおひな様《さま》を大切《たいせつ》にするねぇ……」

という言葉《ことば》を残《のこ》し、チハルはその場《ば》から消《き》えた。


ふと気《き》づくと、チハルは、図書館《としょかん》の銀色《ぎんいろ》の丸板《まるいた》の前《まえ》のソファに、すわっていた。

（うわっ。ちゃんともどってこられた。すごっ）

チハルは、体《からだ》をかがめて、銀色《ぎんいろ》の丸板《まるいた》をじいっとみつめた。

（何《なん》なんだろうねぇ。これは。図書館《としょかん》にきてる人《ひと》たち、みんな知《し》ってるとは思《おも》えない。っていうか、図書館《としょかん》のおねえさんたちも、この銀色《ぎんいろ》の丸板《まるいた》の下《した》に、別世界《べっせかい》につながってる図書館《としょかん》の穴《あな》があるってこと知《し》らないいんじゃないかな……）

チハルは、ゆっくりと背《せ》もたれによりかかった。

(なんだか、本一《ほんいっ》さつ読《よ》んだって、満足感《まんぞくかん》があるなぁ。ふふふ。得《とく》しちゃったー！っ
て感《かん》じ)
奥《おく》の方《ほう》から、白髪頭《しらがあたま》のおじいさんが、カウンターに向《む》かって歩《ある》いている。むねに何《なん》さ
つかの本《ほん》といっしょに、人形《にんぎょう》の図鑑《ずかん》をかかえて。
(あの図鑑《ずかん》の表紙《ひょうし》！さっきのおひな様《さま》たちじゃん!!)
おじいさんは、目《め》の前《まえ》をほほえみながら通《とお》っていった。
チハルは、おじいさんと目《め》があったので笑《わら》い返《かえ》した。
(あのおじいさん、どこかでみたような……)
気《き》のせいか、おじいさんの顔《かお》は、どことなくあの小《ちい》さな男《おとこ》の子《こ》に似《に》ていた。

十《じっ》センチのお願《ねが》い

中《なか》澤《ざわ》博《ひろ》子《こ》　作《さく》・絵《え》

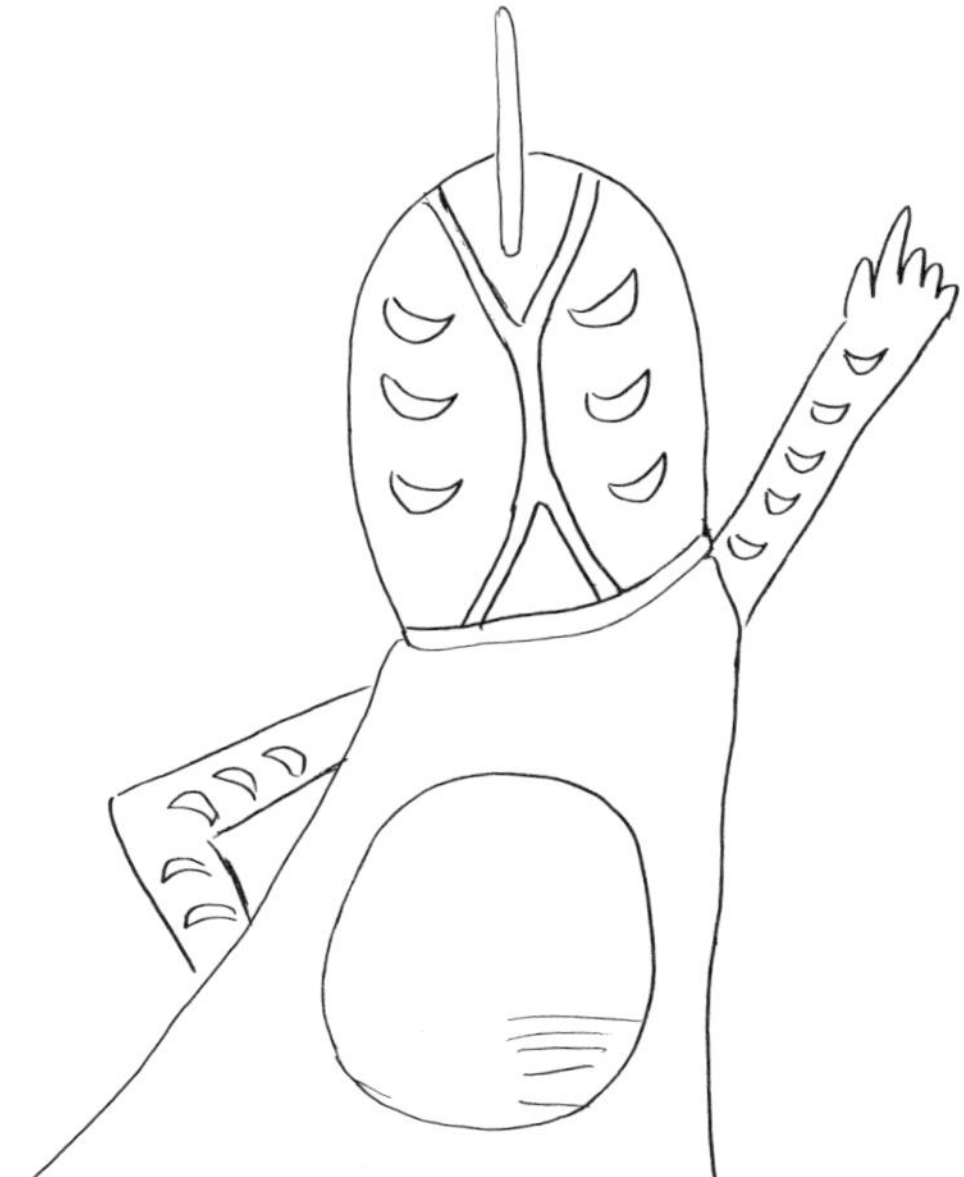

「すいません。起《お》きてください」

「眠《ねむ》いんだから、起《お》こさないでよ」

「お願《ねが》いですから、起《お》きてください」

「もうちょっと、寝《ね》かせてよ」

そこまで会話《かいわ》して、私《わたし》は、変《へん》だと気《き》づいた。今日《きょう》は、親《おや》がいないから、家《いえ》には、私《わたし》ひとり、のはず……。

いったいだれと、話《はなし》を？

「あなたしか、いないんです！」

声《こえ》のするほうをふり向《む》いて、私《わたし》は目《め》を大《おお》きく開《あ》けてしまった。

なんと、目《め》の前《まえ》にいたのは、十《じっ》センチくらいの、どう見《み》ても、人形《にんぎょう》だった。

それも、金地《きんじ》に赤《あか》のもようの入《はい》った、ハデな格好《かっこう》の人形《にんぎょう》だ。

寝《ね》る前《まえ》に、大好《だいす》きな戦隊《せんたい》モノのビデオを、だれもいないからって、何回《なんかい》も見《み》ていたからだ。

きっと、夢《ゆめ》なんだ。私《わたし》は何《なに》もなかったかのように目《め》を閉《と》じた。

すると、そのハデな人形《にんぎょう》は、私《わたし》の顔《かお》の上《うえ》に乗《の》っかってきて、小《ちい》さな手《て》で、私《わたし》のほおをゆらした。

「お願《ねが》いしまぁす。お願《ねが》いしまぁす」

「わかった、わかったから、顔《かお》からどいて」

それを聞《き》いた人《にん》形《ぎょう》は、くるっ、ときれいにターンして、私《わたし》の顔《かお》からおりた。

おもわず、〝満点《まんてん》!〟とさけびたくなるのを、おさえた。私《わたし》のまえに正座《せいざ》すると、

「私《わたし》、スペース・マンと申《もう》します」

と、深々《ふかぶか》と頭《あたま》をさげた。

「職《しょく》業《ぎょう》は、正義《せいぎ》の味方《みかた》、やってます。テレビなどで、ほかの星《ほし》から敵《てき》があらわれて、戦《たたか》うっていう、あれなんです」

遊園地《ゆうえんち》の握手会《あくしゅかい》にも行《い》くほど、戦隊《せんたい》モノ好《ず》きな私《わたし》は、全身《ぜんしん》にトリハダが立《た》って、こうふんして、早口《はやくち》で名前《なまえ》をいった。

「うれしい! こんな所《ところ》であえるなんて! わ、私《わたし》、ルナっていうの、よろしくね!」

言《い》いながら、歴代《れきだい》のシリーズをおもいだしてみたが、目《め》の前《まえ》にいるスペース・マンには、おぼえがなかった。

「戦隊《せんたい》モノ大好《だいす》きで、ほとんど知《し》っているけれど……。聞《き》いたことがないわ、スペース・マンなんて」

「テレビはテレビの世界《せかい》のもの。私《わたし》は、本当《ほんとう》に戦《たたか》っているのです」

それを聞《き》いて、私《わたし》のからだはふるえた。本物《ほんもの》っ！　本物《ほんもの》が目《め》の前《まえ》にいるわっ！

「ねぇ……」

話《はな》しかけようとすると、急《きゅう》に、スペース・マンは自分《じぶん》の顔《かお》を手《て》でおおった。

「悪《あく》の組織《そしき》、ブラック・ハタノヤマから送《おく》られてきた、キーキーザウルスにこうげきされて、こんなすがたになってしまったのです」

「キーキーザウルス？」

私《わたし》が首《くび》をかしげたのを見《み》て、スペース・マンは、身《み》ぶり手《て》ぶりで説明《せつめい》してくれた。

「耳《みみ》につきささるような高《たか》い超音波《ちょうおんぱ》で、キーキーないて、耳《みみ》をおかしくさせるのです。そのスキに目《め》から、相手《あいて》を小《ちい》さくしてしまう、まぶしい光線《こうせん》を出《だ》すのです」

そういっきに話《はな》すと、また顔《かお》をおおった。

「私《わたし》としたことが、ちょっとしたスキに光線《こうせん》をあびてしまったのです」

私《わたし》の頭《あたま》の中《なか》で、スペース・マンと、キーキーザウルスの戦《たたか》いがくりひろげられた。

「何《なん》てやつなの！　キーキーザウルス！　早《はや》くやっつけなきゃ！」

私《わたし》は、両手《りょうて》をにぎりしめて立《た》ち上《あ》がった。

「ありがとうございます。やっぱりまちがいありませんでした。あなたなら、共《とも》に戦《たたか》ってくれるとおもって、ここにきたのです」

スペース・マンは、小《ちい》さい手《て》で拍手《はくしゅ》すると、遠《とお》くを見《み》るように、上《うえ》を見上《みあ》げた。

「あぁ、こうしている間《あいだ》にもキーキーザウルスが、石切《いしき》り場《ば》の石《いし》をこうげきして、はじから粉々《こなごな》にくだいているのですっ！」

私《わたし》は、ちょっと冷静《れいせい》になった。

「それが大変《たいへん》なの？」

「大変《たいへん》じゃあ、ないですか！　粉々《こなごな》になってしまったら大《おお》きな石《いし》を使《つか》うお仕事《しごと》をしている人が、困《こま》るじゃないですかっ！」

小《ちい》さな両手《りょうて》を大《おお》きくあげて、つづけた。

「石《いし》を粉々《こなごな》にされるっていうことは、地球《ちきゅう》がこうげきされている、ということですよ！」

スペース・マンの声《こえ》が、だんだん大《おお》きくなってきた。

「地球《ちきゅう》が、地球《ちきゅう》があぶないですっ！」

何《なん》てことっ！

地球《ちきゅう》が、地球《ちきゅう》があぶないっ！

私《わたし》の中《なか》の、あつい、あつい正義《せいぎ》の血《ち》が、さわぎはじめた。

「さあ、行《い》こう！　悪《あく》を倒《たお》しに！」

「では、一緒《いっしょ》にお願《ねが》いしますっ！」

小《ちい》さな手足《てあし》を大《おお》きくのばして、いきおいよくジャンプをすると、私《わたし》の肩《かた》の上《うえ》に、とんっ、と、軽《かろ》やかに乗《の》った。

「じっとしていてくださいね。今《いま》、石切《いしき》り場《ば》へご案内《あんない》しますので」

その言葉《ことば》をききおわらないうちに、私《わたし》の身体《からだ》は、ぐるぐるとまわりはじめた。

「きゃ～」

まわるけしきの中《なか》で、なぜか、それだけは目《め》にはっきりと、とびこんできた。

「月《つき》……」

「着《つ》きましたよ。だいじょうぶですか？」

「なんとかね……」

まだ、ぼうっとした頭《あたま》で、まわりを見《み》ると、私《わたし》の背《せ》の何倍《なんばい》もある、高《たか》い高《たか》い、見《み》わたすかぎり一面《いちめん》の岩《いわ》だった。

「キーキーザウルスは、あそこにいますっ！」

スペース・マンが指《ゆび》さしたほうを見《み》た。

そこにいたのは、その高《たか》い岩《いわ》さえ小石《こいし》に見《み》えてしまうくらい、体長《たいちょう》が何十《なんじゅう》メートルほどもあろう、巨大化《きょだいか》したトカゲのおばけだった。

その姿《すがた》を見《み》た私《わたし》は、急《きゅう》にこわくなってしまい、今《いま》までの勢《いきお》いはどこへやら、立《た》ちすくんでしまった。

「ねえ、こういうのって、ふつう、男《おとこ》の人《ひと》の役目《やくめ》じゃないの？」

「なにをいっているのです。テレビの戦隊《せんたい》モノには女性《じょせい》もいますよ」

「それは、何人《なんにん》かの一人《ひとり》であって、一対一《いったいいち》で戦《たたか》うのは無理《むり》よ、無理《むり》！」

「地球《ちきゅう》の平和《へいわ》のためですよ、戦《たたか》いましょう！」

地球《ちきゅう》の平和《へいわ》、という言葉《ことば》が耳《みみ》に入《はい》ると、また血《ち》がさわぎだした。

「やりましょう！」

私《わたし》は両手《りょうて》でにぎりこぶしをつくった。

「では、おねがいします」

という言葉《ことば》が聞《き》こえると同時《どうじ》に、かみなりにあたったかのように、身体《からだ》がビリッと、しびれた。

両手《りょうて》両足《りょうあし》をおもいっきりひっぱられたような痛《いた》みに、頭《あたま》がガンガンしてきた。

痛《いた》む頭《あたま》をおさえ、ふと、目線《めせん》を下《した》にやると、はるか下《した》の方《ほう》に、地面《じめん》が見《み》えた。

おどろいた私《わたし》は、よろけてしまった。

すると、ものすごい地《じ》ひびきがした。

はっとして、私《わたし》は自分《じぶん》の身体《からだ》を見《み》まわした。金地《きんじ》に赤《あか》のもようが見《み》える。

手《て》を動《うご》かしてみる。

金色《きんいろ》の手《て》が動《うご》いている。

「ひぇえ〜っ」

私《わたし》が、大《おお》きなスペース・マンになってる！

「右《みぎ》、よけてっ！」

いわれるがまま、今《いま》までの私《わたし》ではありえないくらい、すばやく動《うご》く。

ジュウウウウ。

私《わたし》が今《いま》までいた場所《ばしょ》が、キーキーザウルスのはなった火《ひ》で燃《も》えた。

私《わたし》がよけるのが、あと一秒《いちびょう》おそかったら、キーキーザウルスにやられていたかも。

背中《せなか》がさあぁ～っと、冷《ひ》えて行《い》くのが、わかった。

「地球《ちきゅう》の平和《へいわ》なんてどうでもいい。帰《かえ》る！」

くるっ、と、うしろを向《む》いた。

「左《ひだり》へとんでっ」

また声《こえ》につられ、ジャンプすると、びっくりするくらい遠《とお》くへとべた。

私《わたし》がいた地面《じめん》に、花火《はなび》のような光線《こうせん》がすいこまれていく。

「よかったです。あの光線《こうせん》にあたったら、また小《ちい》さくなってしまいます」

スペース・マンのホッとした声《こえ》がした。

キーキーザウルスは、私《わたし》にあたらなかったのがくやしいらしく、あちこちに口《くち》から火《ひ》をはなち、そこらじゅうを燃《も》やした。

「なんということだ！　大事《だいじ》な、大事《だいじ》な地球《ちきゅう》があんなにきずつけられていますっ！」

スペース・マンのいった『大事《だいじ》な地球《ちきゅう》』という言葉《ことば》だけが頭《あたま》に入《はい》ってきた。

ぽんっ、と、私《わたし》のなかで何《なに》かがはじけ、正義《せいぎ》の心《こころ》がじょじょに大《おお》きくなり、私《わたし》の全《ぜん》身《しん》を支配《しはい》しはじめた。

「やっつけましょう、キーキーザウルスを！」

私《わたし》は、今度《こんど》は自分《じぶん》からキーキーザウルスに向《む》かった。

「ありがとうございますっ！」

スペース・マンのはずんだ声《こえ》がした。

「では、両手《りょうて》を頭《あたま》のうしろであわせて、おもいきり前《まえ》に出《だ》してください」

ブンッ。

そんな音《おと》がしたかとおもうと、光《ひかり》の輪《わ》が、キーキーザウルスめざして、とんでいく。

うでに、あたった！

「ルナさん。上手《じょうず》ですよっ！」

ほめられて、ちょっとうれしくなった時《とき》、

「ルナさん、あぶないっ！」

ゴオォォォオオ。

「ああっ」

一《いっ》しゅんのスキに、キーキーザウルスの放《はな》った炎《ほのお》が、私《わたし》にあたってしまった。

「ルナさんっ、だいじょうぶですかっ！」

足《あし》の小指《こゆび》を、タンスの角《かど》にあてた時《とき》のような痛《いた》み。

「うう……」

キーキーザウルスは、うれしそうにギィーギィーないた。

「負《ま》けられない……」

よろける身体《からだ》をなんとかおこして、私《わたし》は力強《ちからづよ》く両手《りょうて》をにぎった。

「やっつける！」

ちょうど顔《かお》をあげた、その先《さき》に、月《つき》が出《で》ていた。

「えっ？」

月《つき》がピカッ、と光《ひか》った。

「ルナさん、今《いま》ですっ！」

私《わたし》は、光《ひかり》の輪《わ》をたてつづけに、キーキーザウルスにあびせた。

「ギィィー！」

キーキーザウルスは、ドォォーン、というものすごい地《ち》ひびきをさせてたおれ、大《おお》きな火柱《ひばしら》をあげて、爆発《ばくはつ》した。

「やったあ〜！」

私《わたし》は両手《りょうて》をふりあげてよろこんだ。

「キーキーザウルスを、やっつけたよ！」

私《わたし》は、スペース・マンに話《はな》しかけた。

返事《へんじ》がない。

「スペース・マン？　どうしたの？」

私《わたし》は大《おお》きな身体《からだ》をゆっくりとまわした。

「ああっ！」

月《つき》が、まぶしいくらいの光《ひかり》をはなって、私《わたし》はぎゅっと、目《め》をつぶった。

「ルナは、がんばったよ」

いっしょうけんめい、やっているのに。

「みんな、わかっているからさ」

でも、結果《けっか》が出《だ》せなきゃ、しょうがないよ。

「ルナさん、ルナさん」

やさしいよびかけに、私《わたし》は気《き》がついた。

「スペース・マン！」

そこには、スペース・マンがたっていた。彼《かれ》はもう、十《じっ》センチではなかった。

「スペース・マン、もどれたのね！」

自分《じぶん》の身体《からだ》を見《み》ると、元《もと》にもどっていた。

「よかったぁ」

「私《わたし》一人《ひとり》では、とても倒《たお》せませんでした」

スペース・マンが、ゆっくりと話《はな》しはじめた。

「私《わたし》の星《ほし》と地球《ちきゅう》は月《つき》とつながっているのです。私《わたし》の星《ほし》に何《なに》かあれば、地球《ちきゅう》にも何《なに》かがおこり、地球《ちきゅう》に何《なに》かあれば、私《わたし》の星《ほし》にも何《なに》かがおこるのです」

「そんな話《はなし》、はじめてきいたわ」

考《かんが》えてみたが、おぼえはなかった。

「そんな話《はなし》が敵《てき》に知《し》られたら、大変《たいへん》なので、地球《ちきゅう》ではテレビの話《はなし》になっているのです」

そうか、両方《りょうほう》だめになっちゃうもんね。

「もし、敵《てき》のこうげきにあってしまった時《とき》、満月《まんげつ》の夜《よる》に、地球《ちきゅう》で私《わたし》と同《おな》じ気持《きも》ちを持《も》っている人《ひと》と、共《とも》に戦《たたか》えば、身体《からだ》がもとどおりになる、という、いい伝《つた》えがあるのです」

スペース・マンは、私《わたし》に向《む》き合《あ》った。

「本当《ほんとう》に地球《ちきゅう》のことをおもってくれているルナさんなら、必《かなら》ず地球《ちきゅう》を救《すく》ってくれるにちがいないと、おねがいしたのです」

「満月《まんげつ》の夜《よる》だから、あんなに必死《ひっし》だったのね」

スペース・マンの行動《こうどう》をおもいだした。

「月《つき》の力《ちから》もですが、ルナさんが心《こころ》から協力《きょうりょく》してくれたから、キーキーザウルスを倒《たお》すことができたのですよ」

スペース・マンは、大《おお》きな両手《りょうて》をさらに大《おお》きく広《ひろ》げてみせた。

「こうやって、元《もと》の身体《からだ》にもどれたのも、ルナさんのおかげです。ありがとうございます」

スペース・マンがていねいなおじぎをして、ゆっくりと空《そら》を見上《みあ》げた。

そこには、きれいな満月《まんげつ》がうかんでいた。

「いろいろあるとはおもいますが、あの月《つき》を見《み》たら、おもいだしてください。ルナさんが地球《ちきゅう》を救《すく》ったんだ、っていうことを」

そんなセリフを残《のこ》して、スペース・マンは私《わたし》の前《まえ》から、去《さ》って行《い》った。

スペース・マンはおしえてくれたんだ。

私《わたし》にも、結果《けっか》が出《だ》せるっていうことを。

ありがとうっていうのは、私《わたし》の方《ほう》だよ。

月明《つきあ》かりのなか、私《わたし》の心《こころ》がすこしあかるくなった。

ぼくのしっぽ

大《おお》川《かわ》純《すみ》世《よ》 作《さく》・絵《え》

「ねえ、きょうの参《さん》かん日《び》に、どうして手《て》をあげなかったの」

はらぺこのぼくが、ごはんをほうばって、ごくんとのみこもうとしたときだった。

ぼくは、おかあさんのとつぜんのこうげきに、ごはんがのどにつっかえてしまった。

「あの……、あの……、エヘン、ゴホン……」

ぼくの声《こえ》は、せきで言葉《ことば》にならなかった。

だって……、後《うし》ろにいっぱいおかあさんたちが並《なら》んでいて、もしまちがえたらと思《おも》っただけでも、胸《むね》がドキドキ……。と言《い》いたかったけれど、せきが先《さき》に出《で》てきたのだった。

「まー、まったくなさけないね……」

「だって……」

「まちがえたっていいのよ。元気《げんき》に手《て》をあげてほしかったわ。クラスの中《なか》で、ひとりだけよ……。手《て》をあげないなんて……」

ぼくは、だまってごはんを、口《くち》の中《なか》へかき入《い》れた。大好《だいす》きなハンバーグも、サラダも、味《あじ》をかんじないまま、いっきにのみこんだ。

ソファーのそばでねそべっていた犬《いぬ》のゴンが、なぐさめるように、しっぽをふってきた。

「ゴンは、いいよなあ……、しっぽをふるだけで、気持《きも》ちをあらわすんだから……」

ぼくは、つぶやくように、ゴンを横目《よこめ》で見《み》て、いすから立《た》ち上《あ》がった。ゴンは、ぼくによりそうように、足《あし》にすりよってきて、しっぽをしきりにふってくれたけど、自分《じぶん》の部屋《へや》にかけこんで、思《おも》いっきり強《つよ》くドアをしめた。

机《つくえ》にすわっても、とても宿題《しゅくだい》なんかやる気《き》がしなかった。ぼくは、ふてくされて、ごろんとベッドにあおむけになって、天井《てんじょう》を見《み》た。

（ゴンは、しっぽをもっていていいなあ……）

ぼんやり天井《てんじょう》をみつめていると、なんだか気《き》になるしみを、見《み》つけた。

いつのまにできたのだろうか……。とぼくはそのしみを、ずうっと見《み》つめた。するとしみはどんどんふくらんで、石《せっ》けんのあわのように大《おお》きくなって、ぼくの目《め》の前《まえ》に立《た》ちふさがってきた。そしてゆっくり、ふわりふわりと動《うご》きだした。ぼくが、もっとよく見《み》ようと、ぐっと目《め》を見開《みひら》いたしゅんかん、ポンとはじけて、中《なか》から黒《くろ》いぼうしをかぶり、白《しろ》いワイシャツを着《き》た知《し》らない男《おとこ》の人《ひと》が、立《た》っていた。

「だっ、だれっ！」

「わたしは、しっぽ屋《や》でございます」

「しっぽ屋《や》！　あの尾《お》っぽのこと、何《なに》をする人なの？」

「あなたのおのぞみのしっぽを、お作《つく》りするしっぽ屋《や》でございます」

洋服《ようふく》の仕立《した》て屋《や》さんのような男《おとこ》の人《ひと》は、わきにかかえていた黒《くろ》いカバンの中《なか》から、メジャーと、紙《かみ》と、えんぴつをとりだした。

「えっ！　ほんとうに、しっぽを作《つく》ってくれるの？」

ぼくは、おどろいて男《おとこ》の人《ひと》をじっと見《み》た。

「あの……、犬《いぬ》のようにだまっていても、ぼくの気持《きもち》を、明《あか》るくあらわしてくれるしっぽがほしいなあ……」

ささやくような、小《ちい》さな声《こえ》でいった。

するとしっぽ屋《や》は、うでまくりをすると、とくいげにいった。

「はりきって、いいしっぽを作《つく》ってみせますから、きたいしてまっていてください」

そういうと、しっぽ屋《や》は、さっそくメジャーを取《と》り、ぼくの足《あし》をはかりはじめた。

「少《すこ》し長《なが》めのほうがいいかな？　太《ふと》くてふさふさのしっぽは、かっこいいかも……」

きつねは、あの太《ふと》いしっぽで、バランスをとって走《はし》っていると、動物図《どうぶつず》かんで読《よ》んだことを思《おも》い出《だ》した。

りすも、太《ふと》くて大《おお》きなしっぽのおかげで、パラシュートのように、高《たか》い木《き》からじょうずにおりることができるのだそうだ。

きつねのように速《はや》く走《はし》れて、りすのように高《たか》い所《ところ》からおりられたら、ぼくはクラスの人気者《にんきもの》になれて、強《つよ》くなれるかも……。それに、あのふさふさしたしっぽは、ほうきのようだし、冬《ふゆ》の寒《さむ》いときは、えりまきにもなるんだ。なんて、頭《あたま》の中《なか》でそうぞうしながら、しっぽ屋《や》のほうを、ちらりとみた。

すると横《よこ》でしっぽ屋《や》が、紙《かみ》の上《うえ》にぼくの思《おも》っていることを、デッサン画《が》にかいていた。

ぼくのおしりから生《は》えている大《おお》きなしっぽ。

「あれっ！　ずいぶん大《おお》きいなあ……。これじゃ、かなり重《おも》いや……」

ぼくは、頭《あたま》の中《なか》でぐるぐると、しっぽのついたすがたを、そうぞうしていると、ぼくの口《くち》から、ひとりでに声《こえ》がでてしまった。

「あのー、細《ほそ》くて、長《なが》いしっぽがいいな……」

「細《ほそ》いしっぽは、へびのように、おしりにぴったりとまきつけられて、長《なが》くても、重《おも》さや大《おお》きさは、かんじられないと思《おも》いますよ……」

「うーん、ちょっとちがうかな。ぼくの気持《きもち》をわかりやすく、あらわしてくれるしっぽなんだけど……」

「そうですね。あっ、いい考《かんが》えがありますよ。じゃ、それを色《いろ》であらわしてみては？」

「うーん、色《いろ》で？」

「色《いろ》は、いろんな気持《きもち》をあらわせますからね。どういう色《いろ》がお好《この》みですか？」

「赤《あか》、黄《き》、青《あお》、白《しろ》に黒《くろ》、茶《ちゃ》、えーっと、あー、よくわかんないや、白《しろ》と黒《くろ》だと牛《うし》みたいだし……」

ぼくは、頭《あたま》をかかえて考《かんが》えこんでしまった。

「そうだ！　どこにもない色《いろ》……」

つい、大《おお》きな声《こえ》が出《で》た。しゅんかんにひらめいたのだ。

「あの……、カメレオンのように、七色《なないろ》にかわるしっぽはできますか？」

「ああ、それはいいですね。むつかしいけれど、なんとか作《つく》ってみましょう」

ぼくは、最高《さいこう》の考《かんが》えだと思《おも》った。

七色《なないろ》だったら、ぼくの気持《きもち》を、そのときどきにかわって、あらわしてくれると思《おも》った。

赤色系《あかいろけい》は、ぼくの体《からだ》にエネルギーを感《かん》じたり、うんと強《つよ》い力《ちから》が入《はい》るときにでてくる色《いろ》。

青色系《あおいろけい》は、悲《かな》しいときや、つまんないときに。ピンクはうれしいとき、みどりは心《こころ》がおちついているときにと、しっぽ屋《や》は、ぼくに色《いろ》のことをくわしくおしえてくれた。

するとなんだか、心《こころ》が少《すこ》しずつ軽《かる》くなって、体《からだ》の力《ちから》がスーッとぬけて、楽《らく》になっていくのをかんじた。ぼくは、このしっぽをつけて、あこがれのまりちゃんに、話《はなし》かけてみようと思《おも》っただけで、勇気《ゆうき》がわいてきた。

ぼくは、思《おも》いきって聞《き》いてみた。

「あのー、七色《なないろ》のしっぽがあると、まりちゃんに話《はなし》かけられても、だいじょうぶですか」

「えー、もちろんですよ。ぼっちゃん！　どんなに話《はなし》かけられても、鬼《おに》に金《かな》ぼう、勇気《ゆうき》百《ひゃく》倍《ばい》ですよ」

しっぽ屋《や》は、紙《かみ》にデッサンをしていた手《て》をとめてから、ふりむいてにっこりわらった。

「それから、材質《ざいしつ》ですけれども、やわらかいもの、かたいもの、いろいろございますが。

どんなものが、お好《この》みですか？」

ぼくが、こまった顔《かお》で、考《かんが》えていると、しっぽ屋《や》がたずねてきた。

「カンガルーのように、しっかりしたしっぽで、いすのようにささえられるものや、先《さき》の方《ほう》までしっかり力《ちから》が入《はい》る、クモザルのようなしっぽもございますが、どういたしましょうか？」

「えーっと、クモザルのようなしっぽかな……」

「はい、わかりました。それでは、しっぽの毛《け》は、どういたしましょうか？　ねこのように短《みじか》めの毛《け》がいいですか。それとも、ねずみのように、毛《け》のないしっぽがいいですか？」

「あのー、毛《け》のないのは、ちょっと気持《きも》ちが悪《わる》いよ。ぼく、ねずみきらいなんだ……」

「どうしてですか？　人間《にんげん》の体《からだ》も毛《け》がないですよ……」

「この前《まえ》、学校《がっこう》からの帰《かえ》り道《みち》、ドブネズミの死体《したい》を見《み》たんだ。だから、短《みじか》くていっぱい毛《け》がついている細《ほそ》いしっぽをおねがいします」

しっぽ屋《や》は、紙《かみ》にぼくのいったことを書《か》きこむと、デッサン画《が》にしてぼくに見《み》せた。

「こんなかんじになるのですが……。まちがいありませんか」

「へえー」

ぼくは、じぶんがそのしっぽをつけたときのことを、そうぞうしてみたが、ひとつ気《き》になることが頭《あたま》をかすめた。

「あのー、このしっぽをどうくっつけたらいいのかな？　服《ふく》の上《うえ》からでもちゃんとつきますか……」

「もちろんですよ。まほうのしっぽですからね。しかも取《と》り外《はず》しも自由《じゆう》ですよ……」

「はずかしいと思《おも》ったら、つけなくていいんですか？」

「そうですよ！　それは、ぼっちゃんの気持《きも》ちしだいです」

「じゃ、使《つか》わないときは、どこにしまっておくのですか？」

「あー、そうですね。じゃ、ベルトにするっていうのは、いかがですか？」

「ズボンのベルト？　へえー、いいかも……」

しっぽ屋《や》は、とくいげに言《い》った。

「このベルトの先《さき》まで、ちゃんと力《ちから》が入《はい》る、クモザルのようなしっぽですから……」

「こりゃ、すごいや！」

ぼくは、わくわくする気持《きも》ちをおさえきれずに、しっぽ屋《や》のメモをのぞきこんだ。

「じゃ、長《なが》さは、こしまわりということで。これで全部終《ぜんぶお》わりました。あっそうそう……」

しっぽ屋《や》はそういって、あいそよくわらった。

「あのー、ぼっちゃん、今回《こんかい》は特別《とくべつ》サービスとして、とかげのしっぽのように、先《さき》がきれてもまたはえるように、仕立《した》てておきます」

しっぽ屋《や》は、帰《かえ》りじたくをしながら、メモ用紙《ようし》、メジャー、えんぴつなどを、黒《くろ》カバンンの中《なか》にしまいこんだ。

「あっ、それから大切《たいせつ》なことをひとつ、言《い》いわすれていました。これだけは、わすれないでくださいね」

しっぽ屋《や》は、ぼくを見《み》つめて、強《つよ》く言《い》った。

「このしっぽは、いつも身《み》につけておいてくださいね。体《からだ》からはなれると、きえてしまいますから、おわすれなく……」

しっぽ屋《や》は、そういって手《て》に持《も》っていたメモ用紙《ようし》を、一枚《いちまい》ぼくにわたした。

ぼくは、メモ用紙《ようし》に目《め》をとおしてから、まちがいないかたしかめ、こっくりうなずいた。

「じゃ、これで終《お》わります。少《すこ》しの間《あいだ》、おまちください。すぐに仕立《した》ててまいります」

そういって、しっぽ屋《や》は、ぼくの部屋《へや》からあっという間《ま》に、消《き》えていなくなった。

ぼくは、しっぽ屋《や》から、もらったメモ用紙《ようし》を机《つくえ》の中《なか》に、大切《たいせつ》にしまった。

数日《すうじつ》たった朝《あさ》

ぼくが学校《がっこう》へ行《い》こうと、服《ふく》をきていたときだった。ズボンをはこうとして、ズボンに手《て》をやったとき、何《なに》やら毛《け》のついたものに、さわったような気《き》がした。

「あれっ！　もしかして、これしっぽ？」

ぼくは、すっかりわすれていたが、手《て》にふれたかんしょくで、しっぽ屋《や》のことを思《おも》いだした。すぐにぼくは、ベルトを手《て》に取《と》って、じっと見《み》た。茶色《ちゃいろ》のつやつやした毛《け》におおわれた、ロープのようなものが、ズボンにくっついていて、ズボンをはくと、ふしぎなくらい、ぴったりとぼくのこしにくっついた。

朝《あさ》ごはんを食《た》べに、台所《だいどころ》へいったが、おかあさんは、ぼくのベルトに気《き》づかないようだ。

ぼくは、ほっとして、ごはんを食《た》べた。

「あーよかった」

「何《なに》かいった？」

「いや、何《なに》も。あっ、ちこく、ちこくするー」

ぼくは、いつもの時間《じかん》よりもおそくなったので、あわてて家《いえ》をとびだした。

「あれっ！」

ぼくのこしのベルトが、ピクピク動《うご》き出《だ》して、少《すこ》しずつ赤《あか》く光《ひかり》だした。

「そうだ！　しっぽをつけてみよう」

ぼくは、こしのベルトをはずして、ぼくのおしりにくっつけてみた。

しっぽは、すいつくようにぼくの尾骨《びこつ》にくっついて、ますます赤《あか》く光《ひかり》だし、風《かぜ》に乗《の》って大《おお》きく、ゆっくりとなびきはじめた。

そして、ビュン、ビュンと風《かぜ》のリズムにあわせてしっぽが動《うご》くと、足《あし》が軽《かる》くなり、どんどんスピードがあがってきた。気《き》がつくと、つぎつぎと友《とも》だちをおいぬいて、あっという間《ま》に、学校《がっこう》へついてしまった。いつもちこくしそうなぼくに、ともだちが声《こえ》をかけてきた。

「やあ！　きょうはどうしてこんなに早《はや》いの」

「いやー、ぼくのしっぽのおかげさ！」

「えっ、しっぽって！　どこにしっぽが？」

「ほら、ここだよ！　ぼくのおしりに……」

「じょうだんだろう！」

「ワッハッハ、ワッハッハ」

友《とも》だちは、わらいながら、ぼくのまわりをじろじろみて、ぐるりとひとまわりした。

しめしめ、ぼくのしっぽは、ぼくだけにしか見《み》えないんだ。ちょっといたずらをしてみようなんてと考《かん》えながら、校庭《こうてい》を歩《ある》いていたときだった。きのうの雨《あめ》で、大《おお》きなどろんこの水《みず》たまりができていたのに、ぼくは気《き》づかなかったのだ。

バシャーン

「しまった！」

ぼくの体《からだ》は、宙《ちゅう》にういたかと思《おも》うと、黒《くろ》い水《みず》しぶきが、ふりかかってきた。

ぼくのくつはどろんこになり、ぼくの体一面《からだいちめん》に、チョコレート色《いろ》の水玉《みずたま》もようがついていた。そして見《み》えないはずのしっぽにも、くっきりとチーターのもようがあらわれた。

まわりにいた友《とも》だちは、ぼくのすがたに、大《おお》わらいした。

ぼくは、はずかしさのあまり、思《おも》わずしっぽを力《ちから》いっぱいつかんで、ほうりなげた。

「わっ、しまった！　まってくれー」

ぼくのしっぽは、ぬけるような青空《あおぞら》の中《なか》へ、すいこまれるように消《き》えていった。

カリカリカリ……。

気《き》がつくと、ぼくの部屋《へや》のドアを、ゴンがひっかく音《おと》がひびいていた。

あとがき

紙《かみ》ひこうきを、本気《ほんき》になって飛《と》ばすのは、けっこうむずかしいことです。
飛《と》ばし方《かた》にコツがあるのかもしれません。
コツを考《かんが》えるよりは、ひたすら、くり返《かえ》しチャレンジするだけです。
うでが痛《いた》くなるころに、ふわっと、かろやかに、すーっと、
紙《かみ》ひこうきは、青空《あおぞら》にすいこまれていきます。
その喜《よろこ》びを追《お》い求《もと》めて、物語《ものがたり》という、私《わたし》たちの紙《かみ》ひこうきを
飛《と》ばし続《つづ》けていきたいと思《おも》います。
この本《ほん》は、同人誌《どうじんし》「紙《かみ》ひこうき」10号《ごう》を記念《きねん》して、
アンソロジー出版《しゅっぱん》いたしました。
作品執筆《さくひんしっぴつ》、本《ほん》の編集《へんしゅう》にアドバイスいただいた、
漆原智良先生《うるしばらともよしせんせい》、銀《ぎん》の鈴社《すずしゃ》をはじめ、多《おお》くの方々《かたがた》に感謝《かんしゃ》いたします。
なにより手《て》に取《と》ってくださった、読者《どくしゃ》の皆様《みなさま》に心《こころ》より
お礼《れい》を申《もう》しあげます。

二〇一一年六月《にせんじゅういちねんろくがつ》　紙《かみ》ひこうき一同《いちどう》

・著者プロフィール

紙ひこうき

1998年　日本児童文芸家協会　所沢支部「紙ひこうき」を発足。
創作児童文学の書き手として学びながら、同人誌を九号まで発行。
漆原智良氏に師事。

NDC 913
紙ひこうき　編・著
神奈川　銀の鈴社　2011
112P　21cm（**扉をあけると。**　キサモヨトジボ）

定価＝一、二〇〇円＋税

鈴の音童話
扉《とびら》をあけると。　キサモヨトジボ、ふしぎなじゅもん

二〇一一年七月七日　初版
著　者――紙ひこうき©
発　行――㈱銀の鈴社　http://www.ginsuzu.com
発行人――柴崎　聡　西野真由美
〒248―0005　神奈川県鎌倉市雪ノ下三―八―三三
電　話　0467(61)1930
FAX　0467(61)1931
〈落丁・乱丁本はおとりかえいたします。〉

ISBN978-4-87786-613-6　C8093

印刷・電算印刷　製本・渋谷文泉閣